AF194096

Christoph-Maria Liegener

Versöhnung auf dem Friedhof

Roman

© 2021 Christoph-Maria Liegener

Herstellung und Verlag:
BoD – Books on Demand, Norderstedt
Cover-Bild: Shutterstock

ISBN:
9783752659108

Inhalt

Vorwort

Überflüssigerweise – aber aus einem bestimmten Grund – möchte ich bemerken, dass dieser Roman frei erfunden ist. Gestalten und Ereignisse haben nichts mit realen Gegenstücken zu tun. Wer sich darin wiederzuerkennen glaubt, muss sich im Klaren darüber sein, dass er irrt.

Christoph-Maria Liegener

La vie en rose

West-Berlin, 1967

„Alex", rief Juliane Münzer freudig überrascht, als ein gutaussehender Herr plötzlich hinter dem nächsten Busch auftauchte. Sie hatte ihn zwar schon gesucht, aber doch nicht damit gerechnet, ihn so plötzlich zu finden. Die beiden kannten sich seit gut einem Jahr und hatten sich in diesem Park zu einem Rendezvous verabredet. Ohne einen genaueren Ort auszumachen, hatten sie sich zuversichtlich gezeigt, sich schon finden zu werden. Was hiermit geschehen war. Alex hatte sie zuerst gesehen und sich versteckt, um sie zu necken. Sie strahlten beide übers ganze Gesicht, traten aufeinander zu und reichten sich die Hände. In die Arme fielen sie sich trotzdem nicht. Soweit waren sie noch nicht in ihrer Beziehung.

Beide waren unverheiratet und glücklich, sich gefunden zu haben. Er war um die vierzig und schon einmal verheiratet gewesen. Sein unstetes Leben als Kriegsberichterstatter hatte jedoch dazu geführt, dass seine Ehe bald in die Brüche ging. Da die Ehe bis dahin kinderlos geblieben war, traten bei der Scheidung keine Probleme auf. Er war also jetzt frei.

Auch sie war frei. Sie hatte mit ihren 37 Jahren noch immer keinen Mann gefunden. Offenbar war sie vom Typ Mauerblümchen, obwohl sie nicht einmal als hässlich bezeichnet werden konnte. Im Gegenteil stellte sie eine recht aparte Erscheinung dar. Aber sie wirkte unscheinbar und lebte zurückgezogen. Es hatte sich einfach nie ergeben, dass sie einen geeigneten Partner getroffen hätte.

Ihrem Verehrer Alex war sie auf einer Party ihrer älteren Schwester Helene begegnet. Ihm ging es nach seiner Scheidung schlecht und sie hatte ihn getröstet, was sie gut konnte, da sie einfühlsam und warmherzig wirkte. So waren sie ins Gespräch gekommen und hatten bald eine Seelenverwandtschaft festgestellt.

Seitdem verabredeten und trafen sie sich an den verschiedensten Orten der Stadt, liefen zusammen umher und unterhielten sich stundenlang. Von Zeit zu Zeit setzten sie sich zum Ausruhen in ein Café oder ein Restaurant.

Heute schlenderten sie nun also durch den Thielpark in Dahlem. Es war ein wundervoller Nachmittag im Altweibersommer, die goldene Sonne stand halbhoch am wolkenlosen Himmel, die Temperatur fühlte sich angenehm warm an, ein laues Lüftchen wehte. Von ferne drangen Fetzen eines Beatles-Songs an ihre Ohren.

Es war der perfekte Tag für Alex, der Flamme seines Herzens seine Liebe zu gestehen. Am Thielstein, einem riesigen Findling im Schwarzen Grund, verweilten sie eine Weile. Sie legten ihre Hände flach auf den kühlen Granit, so dass sich ihre Finger berührten. Dabei sahen sie sich tief in die

Augen. Dann nahm er sie sanft in den Arm und flüsterte:

„Ich muss dir etwas gestehen, Juliane: Ich liebe dich."

Sie sträubte sich nicht und antwortete mit sanftem Blick:

„Oh, Alex! Ich liebe dich auch. Wie schön das ist!"

Da küsste er sie zärtlich und wieder versank sie in seinen Augen. Juliane schwebte im siebten Himmel! So lange hatte sie von diesem Augenblick geträumt und jetzt war er gekommen.

Sie sah das ganze Leben in Rosa. La vie en rose.

Innig wünschte sie sich, es möge für immer alles bleiben wie in diesem Augenblick.

Die beiden verbrachten den weiteren Nachmittag und Abend miteinander in Umarmung. Dann mussten sie sich trennen. Da sie beide strenggläubigen katholischen Familien entstammten, kam mehr für sie nicht in Frage. Gewiss, dies war eine Zeit der Umwälzungen, aber nicht alles, was an Umwälzungen auf sie zuraste, gefiel ihnen. Man musste nicht jede Lockerung der Sitten mitmachen. Die sexuelle Revolution war ihnen unheimlich und sie verkehrten in Kreisen, in denen solche Ideen verpönt waren.

Die Umstände begünstigten ihre Romanze nicht gerade. Der Vietnamkrieg wütete in der Ferne und Alex musste als Kriegsberichterstatter immer wieder vor Ort sein. Nicht ungefährlich, aber eben sein Beruf. Die Ungewissheit, ob er seinen Einsatz gut überstehen würde, belastete beide jedes Mal aufs Neue. Glücklicherweise hatten sie sich ihre Liebe gestehen können, bevor er wieder in eine ungewisse Zukunft entschwinden würde.

Die Pflicht rief nur zu bald. Er musste wieder aufbrechen. Sie hatten gerade noch Zeit, sich informell zu verloben und Hochzeitspläne zu schmieden. Wenige Tage später kam der Zeitpunkt der Abreise.

Zum Abschied hatte Alex ihr eine kleine antike Brosche in Form eines Falters geschenkt, gefertigt aus Tombak mit böhmischen Granaten. Dadurch möge sie während seiner Abwesenheit an ihn erinnert werden, flüsterte er ihr ins Ohr. Sie gelobten sich ewige Treue. Juliane bewahrte das Schmuckstück wie einen Schatz. Das war gut so; denn mehr sollte ihr von ihm nicht bleiben.

Sie sah ihn nie wieder. Während der Tet-Offensive war er in die unerwartet heftigen Kämpfe geraten und niemand aus seinen engeren Umfeld vor Ort hatte überlebt, der hätte sagen können, was aus ihm geworden war. Er galt als vermisst. Nach einiger Zeit wurde er für tot erklärt. Das jedenfalls war die offizielle Version. Juliane Münzer akzeptierte dieses Urteil nicht.

Sie gab die Hoffnung nicht auf und wartete jahrelang auf seine Wiederkehr. Schließlich musste sie sich wohl doch heimlich eingestehen, dass keine Hoffnung mehr bestand. Sie gab es jedoch nicht offen zu. Eine neue Bindung ging sie jedenfalls nie wieder ein. Immer trug sie die kleine Brosche, die ihr Verlobter ihr seinerzeit geschenkt hatte, und dachte täglich an ihn.

Eine kurze Ehe

West-Berlin, 1969

Während Juliane vor zwei Jahren noch Bedenken hatte, mit ihrem Verlobten intim zu werden, machte ihre inzwischen volljährige Nichte Marianne Mahnfort sich derartige Gedanken nicht. Sie gehörte zur jüngeren Generation, sympathisierte mit der Flower-Power-Bewegung und ließ sich sorglos treiben. Gerade hatte sie sich mit einem gleichaltrigen jungen Mann, Friedrich, eingelassen, aber die Pille nicht mit der vorgeschriebenen Regelmäßigkeit eingenommen. Nun war es passiert. Mit ihren gerade einmal einundzwanzig Jahren wurde sie schwanger. Ihre konservative Mutter Helene Mahnfort drängte auf eine sofortige Heirat. Marianne weigerte sich, die Mutter drohte mit Enterbung und setzte damit ihren Willen durch. Friedrich, immer noch unsterblich verliebt in Marianne, war mit allem einverstanden und es wurde geheiratet.

Da die Ehe unter Zwang geschlossen wurde, nahm Marianne sie nicht ernst. Es ging schon auf der Hochzeit los. Bei der auf die Zeremonie folgenden Feier zog sie Friedrichs Trauzeugen Armand beiseite und flüsterte ihm ins Ohr:

„Hattest du schon einmal Sex mit einer Braut am Tag ihrer Hochzeit?"

Armand, der noch Junggeselle war, verneinte.

„Dann komm mit", befahl sie und führte ihn in eine abschließbare Kammer, die sie hinter ihm verschloss. Sie packte sein bestes Stück aus und machte sich selbst unterrum frei. Sie hatten Sex in der Antilopenstellung. Er bewältigte den Kraftaufwand spielend. Beide genossen das Abenteuer, das seinen besonderen Reiz aus der spannungsgeladenen Situation zog.

Armand hatte sich nicht widersetzt. Warum sollte er? Marianne und er waren beide jung und voller Energie. Sie wirkte mit ihren roten Haaren und den grünen Augen überaus attraktiv. So eine Gelegenheit musste er doch beim Schopf packen! Dass Friedrich sein Freund war, störte ihn dabei nicht. So ein Angebot auszuschlagen, konnte er wirklich nicht von ihm verlangen! Außerdem: So wie es aussah, würde er nie von diesem Sex erfahren.

Übereilt geschlossene Ehen sind riskant. Manchmal gehen sie gut, manchmal nicht. Diese ging nicht gut. Das war im Licht der Ereignisse wohl zu erwarten gewesen. Marianne versuchte nicht einmal, den Anschein der ehelichen Treue zu wahren. Was noch schlimmer war: Sie machte sich über ihren düpierten Ehemann lustig. Ihm Hörner aufzusetzen, bedeutete nicht nur einen Kollateralschaden, sondern es schien ihr direkt darauf anzukommen. Sie wollte ihn quälen. Eine wahrhaft boshafte Frau.

Die einzig mögliche Konsequenz: Nach zwei Jahren ließ sich das Paar scheiden, sehr zum Missfallen der streng katholischen Mutter. Diese betrachtete die Ehe als unauflöslich. Selbst wenn Marianne sich trennen würde, bliebe sie doch vor Gott verheiratet, behauptete die Mutter, und Marianne dürfe nicht aufs Neue heiraten. Das war Einstellung der Mutter und das sollte sich zu gegebener Zeit noch als Problem für Marianne erweisen.

Marianne zog es nach der Scheidung zu anderen Männern. Sie überließ ihrem Ex-Mann Friedrich den unerwünschten Sohn Kevin. Dem mangelte es an nichts außer an seiner Mutter. Marianne hatte den Kontakt vollständig abgebrochen. Für den Jungen bedeutete es einiges, dass die Mutter ihn nicht sehen wollte. Er konnte diese Liebesverweigerung nicht verstehen und suchte die Schuld bei sich. Dabei war es seine bloße Existenz, die ihr nicht passte. Das ist grausam, aber der Junge ertrug es.

Sein Vater sorgte für ihn, so gut er es neben seinem Beruf vermochte. Lobenswerterweise kümmerte sich die Großmutter Helene ebenfalls sehr um ihn, unterstützte Vater und Sohn auch finanziell, wenn es notwendig wurde.

Kevin hatte ein sympathisches Äußeres: groß, schlank, muskulös mit einem freundlichen Gesicht. Das Hervorstechendste: rote Haare. Die hatte er von seiner Mutter geerbt. Mit diesen Haaren fiel er unweigerlich auf. In der Schule gab es zwei Möglichkeiten für Kinder wie ihn: Entweder würde er gehänselt werden oder bewundert. Glücklicherweise trat das zweite ein. Durch die großzügige Unterstützung seiner Großmutter konnte er immer die angesagtesten Markenklamotten tragen, hatte die neuesten Computer, die beste Musik, die schnellsten Fahrräder, konnte sich alles leisten. Im Sport trat er durch überragende Leistungen hervor, in den übrigen Fächern erreichte er gute Leistungen, ohne sich anzustrengen. Im flog alles zu. Er wurde von allen anerkannt.

Was immer er wollte, er sagte es und bekam es von seiner Großmutter. In der Schule konnte er damit angeben. Er hatte viele Freunde. Sein Vater ließ ihm alle Freiheiten und er wuchs sorglos auf. Leider wurde Kevin kurz nach seinem 18. Geburtstag auch seines Vaters beraubt, der an einer zu spät entdeckten Krebserkrankung starb. Der Sohn stand nun völlig allein da. Nur seine Großmutter sorgte noch für ihn. Allerdings war er da schon volljährig und konnte sein Leben allein meistern.

Nach dem Abitur, das er so erstaunlich gut absolvierte, dass er trotz Numerus Clausus einen Studienplatz erhielt, begann er ein Medizinstudium.

Gaudeamus igitur

Bodensee, 1988

„Auf geht's ins Trapez", rief Kevin und Marvin stieg hinaus. Der Katamaran luvte an, als Marvin sich in Position befand. So jagten sie eine Weile hart am Wind dahin. Kevin wollte sich mit Marvin einen Spaß machen und ließ das Großsegel kurz ein wenig nach. Der Winddruck fiel weg, so dass Marvin ins Wasser absackte.

„Ey, spinnst du, Kevin?", schrie der arme Kerl, als er prustend wieder auftauchte. Kevin lachte und rief:

„Entschuldige, Marvin, ich konnte nicht widerstehen."

„Na warte", schimpfte Marvin. „Dafür schmeiße ich dich nachher auch ins Wasser.

„Versuch's!", entgegnete Kevin.

Sie segelten den ganzen Vormittag, landeten dann wieder an. Auf dem Landungssteg angekommen wartete Marvin einen Augenblick, nahm dann Anlauf und rammte Kevin mit der Schulter, um ihn ins Wasser zu stoßen. Kevin hatte ihn aus dem Augenwinkel kommen sehen, konnte aber nicht mehr ausweichen. Immerhin bekam er Marvin zu fassen und hielt sich an ihm fest. So fielen sie beide, ineinander verschlungen, ins Wasser.

Jetzt waren sie beide nass. Der Gerechtigkeit war damit Genüge getan worden und sie vertrugen sich wieder. Die Sonne schien und beide trockneten im Handumdrehen. Die Gruppe sammelte sich, sie grillten und spielten Volleyball.

Kevin Mahnfort hatte seine Bundesbrüder auf das Wassergrundstück seiner Großmutter am Bodensee eingeladen und sie blieben übers Wochenende. Als Medizinstudent war er in eine studentische Korporation eingetreten und führte ein privilegiertes Leben. Er fuhr einen Porsche, obwohl er noch keinen Cent eigenes Geld verdient hatte.

Seine wohlhabende Großmutter spendierte ihm alles, was er sich wünschte. Ihn störte nur, dass er jedes Mal danach fragen musste. Sie wollte wohl die Kontrolle behalten. Er wiederum musste zugeben, dass er fast alles bekam, worum er sie bat.

In seiner Heimatstadt West-Berlin war es ihm zu eng. Obwohl sich das Ost-West-Verhältnis jetzt Ende der achtziger Jahre entspannt hatte, blieb die Stadt von der Mauer umschlossen. Er fühlte er sich gefangen. Sicher, er lebte im freien Teil der Stadt und merkte im täglichen Leben nichts von der Insellage der Stadt. Dennoch störte ihn, dass er über die Transitstrecken fahren musste, wenn er weitere Ausflüge machen wollte.

Bei all seinen Aktivitäten kam er kaum zum Studieren, besonders jetzt, da das Stiftungsfest seiner Verbindung anstand. Nach einem feierlichen Gottesdienst in voller Wichs am Vormittag traf man sich auf dem Haus, aß zu Mittag und saß gemütlich beisammen. Nachmittags fand der Festconvent statt und am Abend gab es einen Festkommers mit Reden der Chargierten und wichtiger Gäste. Dann wurde ein Salamander gerieben und man sprach kräftig dem Bier zu. „Gaudeamus igitur" und andere Studentenlieder hallten laut durch den Saal. Man prostete sich zu und trank Bierduelle, einzeln oder in Stafette. Kevin stellte sich recht gut dabei an. Er hatte eine Technik entwickelt, sich das Bier in den Mund zu schütten wie in einen Ausguss, wobei er nur aufpassen musste, gerade so schnell zu gießen, dass nichts danebenging. Er konnte auf diese Weise sehr schnell trinken, wenn er wollte. Aber er wollte nicht immer. Im Allgemeinen hatte er kein Interesse, sich sinnlos zu betrinken, wenn er auch bei gewissen Gelegenheiten mithalten musste.

Am darauffolgenden Morgen war Kevin zu nichts zu gebrauchen. Er schlief lange aus und bummelte herum, bis er abends zum Stiftungsball ging und ausgiebig die jungen Couleurdamen betanzte.

Diese jungen Damen konnten sich allesamt sehen lassen. Sie gehörten zu einem erlesenen Kreis von Frauen, die der Verbindung nahestanden und regelmäßig zu Veranstaltungen eingeladen wurden. Dieser Kreis umfasste sowohl angesehene Damen älterer Semester, meist Angehörige der Korporierten, als auch eben jene knackigen Mädels, für die Kevin sich interessierte, darunter allerdings auch solche, die sich einen reichen Erben angeln wollten. Man musste aufpassen.

Nachdem er fast den ganzen Abend getanzt hatte, blieb Kevin am Ende bei seiner Lieblingspartnerin Amélie hängen, einer schlanken, gutgebauten Blondine mit blauen Augen. Sie unterhielten sich gut und verabredeten sich beim Abschied zu einem Date.

Es blieb nicht bei diesem einen Date, mehrere weitere folgten. Sie kamen sich näher und eines schönen Nachmittags, als sie im Garten des Verbindungshauses beieinandersaßen, kam es zu einem ersten Kuss.

Indes stimmte irgendetwas nicht so ganz. Das Mädchen war wunderschön, nett, wohlerzogen, aus gutem Hause, alles bestens. Aber genau das störte Kevin merkwürdigerweise. Er wollte nicht in eine Vorzeigeehe schliddern. Was für eine langweilige Existenz! Ja, es wäre eine Liaison mit einer fabelhaften Frau mit großartigen Connections, aber doch irgendwie vorherbestimmt. Das war es nicht, wovon er träumte.

Er für seinen Teil bewunderte seine Großtante Juliane Münzer, die ihrem Verlobten über den Tod hinaus treu war. Sie hatte eine kurze leidenschaftliche, aber unerfüllte Liebe erlebt, ihre ganze Existenz daran gehängt, ohne eine realistische Hoffnung hegen zu können. Eine bedingungslose Liebe, die kurz aufloderte, um dann ewig weiter zu glühen. Juliane hatte sich selbst aufgeopfert für ihre einzig wahre Liebe. Das beeindruckte Kevin. Diese Leidenschaft! So etwas suchte er.

Seine Beziehung zu Amélie war weit davon entfernt. Etwas Schwung in ihre Beziehung kam mit der nächsten Semesterfahrt seiner Verbindung. Es ging nach Paris. Ein

Bundesbruder hatte Verwandtschaft dort, die eine riesige Wohnung am Montmartre besaßen. Sie stellten ihnen einige Zimmer zur Verfügung und die anspruchslosen Studenten fühlten sich wohl damit. Sie besichtigten nicht nur die Stadt, sondern auch das Nachtleben inklusive Moulin Rouge. Kevin und Amélie teilten sich ein Bett – ohne Sex zu haben, natürlich; sie waren nie allein. Aber sie entwickelten eine gewisse Vertrautheit.

Das setzte sich fort, als sie zurück in Berlin waren. Amélie verlor ihre Zurückhaltung und begann, über die Vermögensverhältnisse seiner Bundesbrüder zu reden, die sie erstaunlich gut kannte. Besonders über seinen Bundesbruder Gunther wusste sie viel. Dessen Familie schwamm im Geld und der Spross hatte bereits von einem kinderlosen Großonkel einiges geerbt, so dass er über eigenes Geld verfügte. Warum sie ihm das erzählte, fragte sich Kevin.

Schließlich erfuhr er es; denn sie fragte ihn ganz unverblümt, wie es denn mit seinem und dem Vermögen seiner Familie stünde. Kevin erzählte, dass seine Großmutter die Wohlhabende in der Familie sei. Seine Mutter und er würden wohl den Großteil ihres Vermögens erben, aber das sei noch lange hin. Im Augenblick habe er kaum eigenes Geld.

Amélies Interesse an ihm ließ darauf merklich nach. So lange wollte sie offenbar nicht warten. Nicht, dass sie ihn sofort abserviert hätte: Für den Fall der Fälle wollte sie ihn sich warmhalten, aber ihr Verhältnis, das bisher kaum als solches bezeichnet werden konnte, kühlte sich langsam ab, bis sie nur noch wenig miteinander zu tun hatten.

Dafür warf sie sich Gunther an der Hals, der sich als der egoistische Macho entpuppte, als den Kevin ihn kannte. Aber Kevin konnte Amélie nicht warnen. Es hätte nach Eifersucht ausgesehen. So nahmen die Ereignisse ihren Lauf. Nachdem Gunther Amélie vernascht hatte, ließ er sie links liegen. Das arme Mädchen zog sich für eine Weile verletzt zurück.

Tamara

Berlin, Sommer 1989

Kevin hatte Amélies Rückzug wegge-steckt, ohne sonderlich enttäuscht zu sein. Er hatte sie eigentlich nicht wirklich geliebt. Mehr oder weniger hatte sich ihre Liaison von selbst entwickelt. Dass Amélie offenbar ihre Zuneigung von seinen Vermögensver-hältnissen abhängig machte, warf ein schlechtes Licht auf sie. Hatte er sie also zuletzt doch richtig eingeschätzt! Es war völlig richtig gewesen, dass er gezögert hatte, ihre Beziehung weiterzuentwickeln. Nun hatte sich das erledigt.

Er überdachte seine Rolle in dieser Welt. Ging es denn wirklich nur um Geld, Macht und Ansehen?

Die Verbindung hatte in seinen Augen die Aufgabe, gemeinsam das Studentenle-ben zu genießen. Die Alten Herren halfen, die Bedingungen zu erfüllen, dass sie dies sorglos tun konnten. Sie stellten das Haus zur Verfügung und finanzierten durch ihre Philisterbeiträge das Verbindungsleben.

Warum taten sie das? Es handelte sich um einen Generationenvertrag. Später würde Kevin als Alter Herr das Gleiche für die jüngeren Bundesbrüder tun. Man baute eine Gemeinschaft fürs Leben auf. Gleichzeitig eine Goldgrube für Beziehungen. Man half sich ein Leben lang gegenseitig. Wobei? Im Leben erfolgreich zu sein. Schon wieder das Materielle!

Kevin hatte langsam die Nase voll vom kapitalistischen System. Der Kontakt mit linksgerichteten Studenten an der Uni tat ein Übriges. Sie betrachteten die Korporationen als Kaderschmieden des Kapitalismus. So sah er das nicht. Aber trotzdem störte ihn die Überbewertung des Geldes in seiner Umgebung.

Geld nahm er nicht wichtig. Was er brauchte, bekam er von seiner Großmutter. So ist das: Man nimmt Geld nicht wichtig, wenn man es hat. Den Wert des Geldes lernt man erst zu schätzen, wenn man keins mehr hat. Vorläufig hatte er damit keine Probleme und fühlte sich von jeglicher Geldgier abgestoßen.

Er wollte etwas Abstand von Amélie gewinnen und auch von der Verbindung. Bisher hatte er auf dem Verbindungshaus gewohnt. Nun wünschte er sich eine eigene Bude. Was sollte er anderes tun, als seine Grußmutter zu fragen. Sie half ihrem Enkel, indem sie eine geeignete Wohnung für ihn kaufte. Sie hielt das für eine gute Investition, womit sie recht behalten sollte. Die Berliner Immobilienpreise stiegen in den nächsten Jahrzehnten gewaltig. Wieder einmal hatte sie das richtige Gespür gehabt – und tat damit gleichzeitig Kevin einen Gefallen.

Dieser zog um und suchte sich neue Freunde. Zu seiner Verbindung hielt er natürlich trotzdem noch Kontakt. Das war vorgeschrieben. Schließlich handelte es sich um einen Lebensbund. Aber er gewann doch einen gewissen Abstand.

Ganz Neues wollte er ausprobieren.

So drängte es ihn nach einer Weile, Ost-Berlin zu besuchen, das Aushängeschild des Sozialismus in Deutschland. Er kannte diesen Teil seiner Heimatstadt überhaupt nicht, wollte ihn aber kennenlernen. Jetzt, im Sommer 1989, gärte es dort. Der Widerstand gegen das Regime wuchs. Kevin wollte sich ein Bild machen. Wie es sich fügte, sollte er weit mehr kennenlernen als nur die Stadt.

Er hatte sich vorsorglich einen Mehrfachberechtigungsschein besorgt und an der Grenzübergangsstelle Friedrichstraße ein Tagesvisum erhalten. Ärger empfand er, dass er einen Zwangsumtausch von West- in Ostgeld vornehmen musste, und zwar zu einem Kurs, der meilenweit über dem weltweit üblichen Handelskurs lag. Eine Art Eintrittsgeld für die DDR. Kevin betrachtete das als Erpressung und sein Gerechtigkeitssinn sträubte sich dagegen. Das würde er sich nicht gefallen lassen. Schon am Tag vorher hatte er in der Wechselstube am Bahnhof Zoo einen kleinen Betrag von 20 D-Mark, den er ausgeben wollte, zum handelsüblichen Kurs in Mark der DDR gewechselt und hatte 100 Mark der DDR erhalten. Dieses Geld nahm er nun heimlich über die Grenze. Er wusste, dass die Einfuhr von Devisen in die DDR strengstens verboten war, wollte sich aber gegen die Schikanen zur Wehr setzen.

Nun kam die Feuertaufe. Der Grenzpolizist am Abfertigungsschalter fragte:

„Führen Sie Devisen mit sich?"

„Nein", antwortete Kevin mit regungsloser Miene.

Eigentlich galt er als ganz passabler Pokerspieler, aber jetzt rutschte ihm doch das Herz in die Hose. Er schwitzte Blut und Wasser und fragte sich, ob es das wirklich wert war: wegen der paar Mark mehrere Jahre Haft in einem Gefängnis der DDR zu riskieren …

„Nein, das ist doch Blödsinn, so etwas zu machen", sagte er sich, aber für einen Rückzieher war es zu spät. Da musste er jetzt durch. Er schwor sich, so etwas nie wieder zu tun, wenn er diesmal mit heiler Haut davonkäme.

Er hatte Glück. Dem Grepo fiel nichts auf und er kam durch.

Nun lief er in der Stadt herum und wollte das Geld ausgeben. Das erwies sich als gar nicht so einfach. Alles war unfassbar billig – im wahrsten Sinn des Wortes: schlechte Qualität, niedriger Preis.

„Klar, so funktioniert Sozialismus", sagte sich Kevin. „Wenn es nichts zu kaufen gibt, endet das Streben nach Geld. Es läuft auf eine Tauschwirtschaft im Kleinen hinaus, großes Geld wird überflüssig, und damit braucht es keine Kapitalisten mehr zu geben. Stattdessen geht es um menschliche Beziehungen. Nur so und nicht mit Geld erhält man in der DDR die besseren Dinge, die sogenannte Bückware."

Nur: Was sollte er jetzt mit dem Geld machen? Das Einzige, was er nützlich fand, waren Bücher, Belletristik und Fachbücher, die er für sein Studium brauchen konnte. Die gab es günstig in einer vernünftigen Qualität. Er durchwühlte die Buchhandlungen und deckte sich mit Literatur ein.

Zu Fuß erkundete er die City und war am Nachmittag erschöpft. So nutzte er den warmen sonnigen Sommertag und nahm Platz an einem Tisch im Außenbereich eines Cafés am Alexanderplatz.

Bald setzte sich eine junge Frau zu ihm an den Tisch. Sie hatte höflich gefragt:

„Ist hier frei?"

„Ja, bitte."

Da saß sie also. Man konnte Ostler und Westler auf den ersten Blick an der Kleidung unterscheiden. Sie war eine Ostlerin. Nach einer Weile stand sie auf und bat ihn, für einen Augenblick auf ihre Tasche aufzupassen:

„Darf ich meine Tasche für einen Augenblick hier liegenlassen?"

„Ja, bitte."

Na, sehr gesprächig gab Kevin sich nicht gerade. War er etwa befangen?

Offenbar ging sie zur Toilette. Als sie zurückkam, bedankte sie sich und setzte sich wieder.

Kevin hätte sie gern angesprochen. Sie gefiel ihm: Freche kurze schwarze Haare, schelmisches Gesicht, sportliche Figur, nicht zu groß, nicht zu klein, gerade richtig, ungefähr in seinem Alter – um die zwanzig. Sie wirkte unkompliziert, schien richtig nett zu sein. Er schätzte, dass er sie duzen durfte. Nur: Was sollte er sagen. Ihm fiel nichts ein.

Er überlegte: Eine Ostdeutsche setzte sich zu einem Westdeutschen an den Tisch und sprach ihn an? War das überhaupt erlaubt? Oder tappte er gerade in eine Venus-Falle? Eine Stasi-Agentin, die ihn rekrutieren wollte? Konnte das sein? Moment mal: dieses Gesicht! Hatte er sie nicht vorhin in der Buchhandlung gesehen? Oder bildete er sich das ein? Wurde er als Westler überwacht? Von der Stasi? Seine Gedanken kreisten immer weiter um dieses Thema, bis er schließlich herausplatzte:

„Bist du bei der Stasi?"

Das Mädchen erblasste, fasste sich dann aber und erwiderte in gedämpftem Tonfall:

„Du bist wohl von drüben und kannst es nicht wissen. Über dieses Thema machen wir hier keine Späße."

„Entschuldigung", lenkte er ein. „Es war nicht böse gemeint. Ich wollte nur ein Gespräch eröffnen und mir fiel nichts Besseres ein."

„Schon gut", erwiderte sie lächelnd. „Es freut mich, dich kennenzulernen. Ich heiße Tamara Bernusch."

„Ich bin Kevin Mahnfort. Das ist nett, dass du mich nicht auslachst."

„Warum sollte ich? Es war mutig von dir."

Um seine Verlegenheit zu verbergen, wollte Kevin das Thema wechseln und zeigte auf eine Kirche in der Ferne, wobei er fragte:

„Ist das die Marienkirche?"

„Ja", antwortete Tamara, während sie peinlich berührt zu Boden sah.

Damals verstand Kevin das nicht. Er wusste nicht, dass die Marienkirche als Treffpunkt der Blueserszene der DDR galt, die wiederum von der Stasi misstrauisch beäugt wurde. Inzwischen gab es einige Bewegungen in der DDR, die für Unruhe sorgten. In deren Umfeld zu geraten, konnte zu Schwierigkeiten führen. Tamara wollte nichts damit zu tun haben.

Langsam kam dann aber doch ihr Gespräch in Gang und sie erzählten sich ihre Lebensgeschichten. Sie passten eigentlich gar nicht zusammen: er ein verwöhnter junger Mann aus dem Bürgertum im Westen und sie eine überzeugte Kommunistin aus dem Proletariat im Osten. Da prallten Welten aufeinander.

Als Kevin dann erzählte, dass er Medizin studiere, fragte ihn Tamara nach all den Wehwehchen, die sie je gehabt hatte, und ob sie Schäden hinterlassen haben könnten. Kevin beruhigte sie: Es sei alles ganz harmlos gewesen.

Dann fragte er, was sie so mache. Sie erzählte, dass sie in einer Buchhandlung als Verkäuferin arbeite. In ihrer Freizeit lese sie viel und versuche, sich selbstentworfene Kleidungsstücke zu schneidern. Kevin äußerte, dass ihm gleich aufgefallen sei, wie geschmackvoll sie gekleidet sei.

„Na ja, ich hoffe, es geht. Es ist nicht ganz so einfach, bei uns das zu bekommen, was man sucht", wehrte sie verlegen ab.

Es zeigte sich im Lauf des Gesprächs, dass sie sich ausgesprochen sympathisch waren, wohl sogar mehr als das. Eigentlich hatte es vom ersten Augenblick an zwischen ihnen gefunkt. Sonst hätte sich Tamara wahrscheinlich gar nicht zu ihm an den Tisch gesetzt.

Jeder der beiden war für sich überzeugt, dass sie die Gegensätze schon überwinden können würden. Sie glaubte, ihn zum Kommunismus bekehren zu können und er hoffte, sie mit Mitbringseln aus dem Westen beglücken zu können.

Beides funktionierte nicht. Er wollte sein Leben genießen und hatte keinerlei Interesse an irgendeiner Ideologie und sie wollte keine Geschenke vom Klassenfeind. Trotzdem genossen sie ihre gegenseitige Gesellschaft und wollten mehr Zeit miteinander verbringen.

An diesem Tag gingen sie nach der Kaffeepause gemeinsam auf der Karl-Marx-Allee spazieren und Tamara begleitete ihn schließlich zum Grenzübergang Friedrichstraße. Im „Tränenpalast" kam der Zeitpunkt der Trennung. Sie waren sich im Lauf des Nachmittags nähergekommen, was sie jetzt beim Abschied deutlich spürten. Verlegen standen sie sich gegenüber. Vorsichtig ergriff Kevin ihre Oberarme und beugte sich zaghaft vor, näherte sein Gesicht dem ihren. Sie wich nicht aus, sondern lächelte freundlich einladend. So gab Kevin ihr einen zarten Kuss, den sie umgehend feurig erwiderte, wobei sie seinen Kopf mit beiden Händen packte. Sie küssten sich noch eine Weile. Schließlich verabredeten sie sich für ein neues Treffen. Kevin ging zur Passkontrolle und sie winkten sich zu. Ja, sogar ein paar Tränen flossen, wie es sich gehörte. Aber sie würden sich wiedersehen.

Von nun an trafen sie sich einmal im Monat. Er wurde jedes Mal schon am Grenzübergang erwartet und Tamara zeigte ihm, worauf sie in ihrer Heimatstadt stolz war: den Pergamon-Altar, das Ischtar-Tor von Babylon, das riesige Saurier-Skelett im Naturkunde-Museum usw. Kevin lobte alles, was er sah.

Leider konnten sie sich nur im Osten treffen, da die Stadt noch von der Mauer geteilt wurde. Aber auch so genossen sie ihr Beisammensein.

Sie fuhren an die Ostsee und badeten an einem FKK-Strand. Kevin kannte das nicht, machte aber wie selbstverständlich mit. Ohne Textilien fiel er nicht mehr als Westler auf und sie amüsierten sich prächtig. Zum Abschied schenkte ihm Tamara Lenins Buch „Der Imperialismus als höchstes Stadium des Kapitalismus". Schwere Kost. Kevin bat einen Kommilitonen, der Politologie studierte, um eine kurze Zusammenfassung, damit er mit Tamara darüber reden konnte. Diese freute sich, dass Kevin auf ihre Interessen einging. Das funktionierte so halbwegs.

Kevin interessierte sich eher für Musik und brachte Tamara eine West-Platte mit: „You're My Heart, You're My Soul" von Modern Talking. Damit konnte nun wiederum Tamara nichts anfangen, aber tapfer versuchte sie mitzusingen.

Aber Moment mal: Wenn Kevin Musik mochte, hatte sie etwas für ihn. Sie nahm ihn mit zu einer Ballettaufführung von „Das rote Frauenbataillon". Kevin hielt durch, ohne zu lachen oder zu meckern, bemühte sich um ein lächelndes Gesicht, aber es klappte nicht so recht. Das martialische Gehüpfe auf der Bühne ging ihm dermaßen auf den Geist, dass er am Ende Tamara damit konfrontieren musste:

„Was habt ihr nur immer mit euren Kampfansagen? Ich denke, ihr seid ein friedliebender Staat!"

„Sind wir auch. Aber wer den Frieden will, muss ihn verteidigen."

„Aha: Si vis pacem, para bellum."

"Was soll das heißen?"

„Das ist Latein und heißt: Wenn du den Frieden willst bereite den Krieg vor. Der

Satz fasst den von dir angeführten Grundgedanken zusammen. Er ist aber natürlich nicht umstritten."

Kevin hatte vor seinem Medizinstudium Latein in der Schule gelernt.

„Eure Angst vor dem Westen ist allerdings völlig übertrieben", fuhr er fort. Die Westler haben überhaupt kein Interesse daran, euch zu überfallen."

Tamara sah ihn misstrauisch von unten herauf an:

„Glaubst du, die würden das offen zugeben?"

Dieses paranoide Misstrauen! Das rührte von ihrer Indoktrination her. Da würden sie wohl vorläufig auf keinen gemeinsamen Nenner kommen.

Ähnlich mit der Mauer. Kevin, der das Ungetüm oft von der Westseite besichtigt hatte, wollte es auch einmal von der Ostseite sehen.

„Das ist nicht erwünscht", kommentierte Tamara. „Der antiimperialistische Schutzwall ist militärisches Sperrgebiet. Er muss geschützt werden."

„Ja, vor euch, vor der Bevölkerung der DDR. Sieh dir doch nur einmal an, wie er konstruiert ist. Er dient nicht dazu, äußere Feinde abzuwehren, sondern die Bürger der DDR einzusperren."

„Das ist westliche Propaganda. Ich habe im ‚Schwarzen Kanal' davon gehört."

„Wolltest du denn noch nie in den Westen? Du könntest mich doch mal da besuchen."

„Das wäre Republikflucht. Ich käme ins Zuchthaus."

„Ein Besuch ist doch noch keine Flucht. Das Problem ist: Eure Regierung weiß genau, dass jeder Ostler, der einmal drüben war, nicht mehr zurückwill."

Tamara standen Tränen in den Augen. Kevin tröstete sie:

„Nun beruhige dich, Tamara! Ganz so schlimm ist es ja auch nicht. Der Kommunismus ist trotzdem eine gute Sache. Nur so, wie er bei euch umgesetzt wird, funktioniert er auf die Dauer nicht. Er muss sich ohne Zwang durchsetzen."

„Aber die Bourgeoisie ..."

„Die verliert an Einfluss. Da hat sich in der letzten Zeit auch bei uns schon einiges getan. Der Westen macht ebenfalls Fortschritte."

Dass Tamara sich immer noch mit ihm traf, war keine Selbstverständlichkeit. Ihre Eltern äußerten sich strikt dagegen. Sie hatten ihren Ruf zu verteidigen. Der Vater amtierte als Bezirksratsvorsitzender, die Mutter engagierte sich in der Betriebsgewerkschaftsleitung der Fabrik, in der sie arbeitete. Der junge Mann störte ihr Weltbild.

„Er gehört zum Klassenfeind", wandten sie ein.

„Aber ich liebe ihn!"

„Das ist nur romantischer Individualismus. Derartigen Luxus können wie uns im Klassenkampf nicht leisten. Hier geht es um die Weltrevolution."

„Auch die Arbeiterklasse hat ein Recht auf Liebe!"

„Ja, aber es darf nur die reglementierte Liebe mit überprüften linientreuen Genossen sein."

„Das ist es nicht, was ich will."

„Es geht nicht darum, was du willst, sondern darum, was gut für unsere sozialistische Gesellschaft ist."

In der Hinsicht konnte Tamara sich nicht mit ihren Eltern einigen. Diese hatten nie das Problem gehabt, sich zwischen ihrer Liebe und dem Sozialismus entscheiden zu müssen. Sie hatten sich bei der FDJ nach der Jugendweihe kennengelernt, gemeinsam für den Sozialismus geschwärmt, hatten eines Tages Kinder für den Sozialismus zeugen wollen und deshalb geheiratet. Im Lauf der Jahre war aus der Partnerschaft im gemeinsamen Kampf für den Sozialismus mehr geworden. Die oberflächliche Liebe hatte sich in ein tieferes Gefühl der inneren Verbundenheit gewandelt. Wenn sie jetzt zwischen ihrer Liebe und dem Sozialismus hätten wählen müssen, hätten sie sich eventuell sogar für die Liebe entschieden.

Daher konnten sie ihre Tochter trotz ihrer Meinungsverschiedenheit verstehen. Sie liebten auch sie mehr als den Sozialismus, selbst wenn sie sich das nicht eingestehen mochten.

Wenn sie ihre Tochter denn nicht umstimmen konnten, so wollten sie ihr doch wenigstens helfen. Zwar billigten sie ihre Wahl nach wie vor nicht, aber ihre Kritik nahm einen neckenden Ton an.

Hinter ihrem Rücken sorgten sie sogar dafür, dass ihre Tochter keine Schwierigkeiten bekam. Deren Westkontakte waren nämlich bei der Stasi längst bekannt und mussten irgendwie gerechtfertigt werden. Die Eltern versprachen ihren Genossen, ein Auge darauf zu haben, und, da sie als vorbildliche Parteigenossen galten, gab man ihnen einen Vertrauensvorschuss.

Tamara traf sich weiterhin mit Kevin. Ihre Gespräche kehrten zurück zur Musik und sie versuchten, gemeinsame Vorlieben zu entdecken. Schließlich einigten sie sich auf „Über sieben Brücken" von Karat, ein Lied, das ihnen tatsächlich beiden gefiel. Es wurde ihr Lieblingssong und sie hörten ihn bei jeder Gelegenheit.

Dass sie sich am Abend immer trennen mussten, belastete sie schwer, aber es sollte nicht mehr lange dauern.

Am Donnerstag, dem 9. November 1989 fiel die Mauer.

Es lag zwar vorher in der Luft, kam dann aber durch ein politisches Missverständnis ganz plötzlich früher als erwartet. Die Ereignisse überstürzten sich und ließen sich nicht mehr aufhalten. Die Grenzübergänge wurden geöffnet.

Die ersten Ostberliner kamen 21.20 Uhr über den Grenzübergang Bornholmer Straße nach West-Berlin. Als Kevin davon erfuhr, brach er sofort zur Bornholmer Straße auf, weil er hoffte, dass eventuell Tamara mit herüberkäme. Erreichen konnte er sie so kurzfristig nicht. Die Kommunikation zwischen West und Ost gestaltete sich damals schwierig. Telefonieren war unmöglich. Und wenn er von Telepathie unter Liebenden geträumt haben sollte: Die gab es bei aller Liebe dann doch nicht. Die beiden mussten sich immer von Treffen zu Treffen verabreden. Im Fall eines unerwarteten Ereignisses blieb nur der Briefverkehr oder ein Telegramm.

Kevin stand also nun auf gut Glück am Grenzübergang und nahm die Stimmung der glücklichen Grenzgänger in sich auf. Tamara hier und jetzt beim Grenzübertritt zufällig zu treffen, blieb ein hoffnungsloses Unterfangen. Er hätte sie in den Menschenmassen nie gefunden, selbst wenn sie gekommen wäre. Aber sie kam gar nicht. Sie wollte den Untergang der DDR, der sich damit abzeichnete, einfach nicht wahrhaben.

Es hätte ein Freudentag sein können, da Kevin und Tamara in Zukunft ununterbrochen zusammen sein konnten. Für Tamara jedoch hatte er etwas Trauriges, da er das Ende der DDR einleitete. Sie war in diesem Staat aufgewachsen, in seinem Sinn erzogen worden. Sie hatte sich in gewissem

Maße mit ihm identifiziert und sah ihn jetzt untergehen.

Natürlich hatte auch sie zuletzt die Missstände nicht übersehen können, glaubte jedoch, dass sie sich hätten beheben lassen können. Dazu war es nun zu spät.

Mitfeiern wollte sie trotzdem nicht.

Als Kevin und Tamara sich planmäßig am darauffolgenden Dienstag trafen, war sie immerhin bereit, mit Kevin dessen Wohnung im Westen zu besuchen. Es gefiel ihr, sie kam immer öfter. Kevin besuchte auch ihre Eltern in Ost-Berlin. Das musste jetzt sein – Tamara bestand darauf.

Die Eltern wohnten in einem Plattenbau in Berlin-Marzahn. Kevin fiel auf, wie klein die Wohnung war, aber er sagte nichts dazu. Nach einem kurzen Smalltalk meinte Tamaras Vater zu seiner Tochter:

„Willst du dich nicht noch etwas schönmachen oder so?"

Sie verstand den Wink nicht und ent-gegnete lachend:

„Was erwartest du? Besser wird's nicht. Mehr Schönheit ist nicht drin bei euren Ge-nen."

Die Mutter mischte sich ein:

„Komm mit, Tamara! Ich will dir etwas zeigen."

Der Zweck der Übung: Tamaras Vater wollte mit Kevin unter vier Augen reden. Ein Männergespräch. Er begann:

„Was machst du eigentlich beruflich?"

„Ich studiere Medizin."

„Hast du auch schon mal gearbeitet?"

„Nein, das war glücklicherweise noch nie nötig."

„Dass das ein Glück ist, wage ich zu be-zweifeln. Hier in der DDR wächst keiner auf, ohne gearbeitet zu haben. Wir sind ein Arbeiter- und Bauernstaat. Wie willst du dich da mit Tamara verstehen?"

„Sie erzählt mir von ihrer Arbeit, ich ihr von meinem Studium. Wir finden es beide sehr interessant. Apropos Arbeiter- und Bauernstaat: Da habe ich neulich was in der Zeitung gelesen. Also, da will ein Westler zum Transit durch die DDR-Kontrolle. Er wird auf eine andere Spur geschickt. Der Posten dort weiß nichts davon und fragt ihn, was er hier wolle. Der Westler meint: ‚Der Beamte da hinten hat gesagt, ich solle hierherfahren.' Darauf der Polizist: ‚Bei uns gibt es keine Beamten. Wir sind ein Arbeiter- und Bauernstaat.' Der Westler: ‚Wie Sie wollen: Der Bauer da hinten hat gesagt, ich solle hierherfahren.' Humor ist nicht jedem gegeben. Der arme Kerl hat seine Äußerung in den nächsten Stunden ausgiebig bereuen müssen."

Tamaras Vater konnte ein kleines Lächeln nicht unterdrücken, wurde dann aber sofort wieder ernst und ermahnte Kevin:

„Sich über unseren Staat lustig zu machen, kann gefährlich werden. Sieh dich da vor."

Dann fuhr er fort:

„Zurück zur Arbeit: Karl Marx hat uns gelehrt, dass der Mensch sich in der Arbeit

53

selbst verwirklicht. Arbeit formt den Charakter. Bedenke das!

Das Gleiche gilt übrigens fürs Militär. Jedenfalls in einer Friedensarmee. Warst du Soldat bei der Bundeswehr?"

„Nein. West-Berlin ist entmilitarisiert. Wir haben keine Wehrpflicht. Ich brauchte keinen Wehrdienst zu leisten und bin froh darüber."

„Nicht schlecht. So kämpfst du wenigstens nicht für den Klassenfeind. Und dass du nicht kämpfen willst, spricht für deinen Friedenswillen. Aber ein wenig Schliff durch militärischen Drill hätte dir nicht geschadet. Treibst du wenigstens Sport?"

„Ja, Tennis, Golf, Fechten, Reiten, Segeln, Boxen ..."

„Boxen ist gut. Eine körperliche Auseinandersetzung mit dem Gegner hilft, sich gegenseitig besser einzuschätzen. Wir sollten mal gegeneinander boxen."

Kevin hoffte, dass er das nicht tun müssen würde. Und tatsächlich kam es irgendwie nie dazu.

Tamaras Vater fuhr fort:

„Wie ist es mit Fußball und Leichtathletik?"

„Habe ich in der Schule gemacht und war auch ganz gut darin. Ich weiß, dass die DDR ganz hervorragend in dieser Hinsicht abschneidet: Die vielen Olympia-Medaillen in den Leichtathletik-Disziplinen sprechen für sich. Und im Fußball hat die Mannschaft der DDR bei der Weltmeisterschaft 1974 sogar die BRD geschlagen."

„Dafür seid ihr Weltmeister geworden. Ein bisschen haben wir uns damals auch mit euch gefreut."

Jetzt lagen sie auf einer Wellenlänge. Ob er Tamara liebe, fragte ihn der Vater nicht. Das war ohnehin klar. Und nach der künftigen Versorgung der Tochter zu fragen, war in der DDR nicht üblich. Für jeden, der sich linientreu verhielt, wurde gesorgt.

Dann kam der heikle Teil:

„Wo wollt ihr beiden später leben, im Osten oder im Westen?"

„Wahrscheinlich im Westen. Ich habe ja in letzter Zeit den Osten kennengelernt, Tamara aber den Westen kaum. Du brauchst dir keine Sorgen zu machen. Jetzt, da die Grenze offen ist, wären wir nicht aus der Welt. Wo man wohnt, macht keinen so großen Unterschied mehr."

Dagegen ließ sich nichts einwenden, ohne ideologisch zu werden. Tamaras Vater bekam feuchte Augen, aber schwieg.

Es war alles gesagt. Der Vater rief seine Frau und Tamara wieder herein und sie aßen gemeinsam zu Abend. Kevin gab sich weiterhin bescheiden und wohlerzogen. Alle kamen gut miteinander aus.

Beim Abschied umarmten sie sich und Kevin konnte davon ausgehen, dass sie ihn als potenziellen Schwiegersohn akzeptierten.

Es dauerte nicht lange, bis Kevin und Tamara ein Paar wurden. Sie zog ganz zu ihm in seine Ein-Zimmer-Wohnung in Charlottenburg. Die wenigen Räume der Altbauwohnung aus der Gründerzeit waren hoch und großzügig geschnitten. Sie konnten bequem ein zweites Bett ins Schlafzimmer stellen und in der Küche essen.

Die Wohnung richteten sie als Studentenbude her, an der Wand ein Che-Guevara-Poster und ein Portrait von Gorbatschow. Ferner durfte ein Bild der Band Karat nicht fehlen sowie ein Konterfei von Ho Chi Minh. Es gelang ihnen, einen Mix zu finden, der ihnen beiden gefiel. Kevins Großmutter Helene, der die Wohnung gehörte, hätte es wahrscheinlich nicht gefallen, aber sie kam nie hierhin zu Besuch.

Im Westen

Berlin, 1990

Kevin saß mit seinen Freunden in der Kneipe zusammen. Sie erzählten sich blöde Witze.

„Gestern erschien mir eine gute Fee", begann Kevin.

„Kenn' ich", fiel ihm einer ins Wort.

„Nun wart' doch erst mal ab", erwiderte ein anderer.

Kevin fuhr fort:

„Sie stellte mir zwei Wünsche zur Wahl. Ich könnte mit der schönsten Frau der Welt Sex haben oder ein gutes Gedächtnis bekommen."

„Und wofür hast du dich entschieden?", fragte einer.

„Ich kann mich nicht erinnern."

Allgemeines wohlwollendes Gelächter.

In diesem Augenblick stieß Tamara zu der Runde. Kevin begrüßte sie mit einem Küsschen und stellte sie als seine Freundin vor.

Einer wollte wissen:

„Ist das die schöne Frau, von der du gerade erzählt hast?"

Noch einmal Gelächter, diesmal allerdings hämisch. Kevin gab sich angesäuert:

„Keine Späße auf Tamaras Kosten!"

So ganz konnte Kevin sich da nicht durchsetzen. Tamaras Rolle als seine Freundin wurde zwar nicht mehr aufs Korn genommen, wohl aber ihre Ossi-Vergangenheit. Man könnte sagen: Was sich liebt, das neckt sich. Kleine Späße zu ihrer Herkunft gab es immer wieder. Kevins Freunde akzeptierten Ossis einfach nicht als gleichwertig, rissen entsprechende blöde Witze.

Einer frotzelte:

„Ihr zwei wisst schon, was euch blüht? Wenn man Ossi mit Wessi kreuzt, erhält man – einen arroganten Arbeitslosen!"

Sie fragten Tamara, was für ein Auto sie fahre. Diese antwortete:

„Einen Trabant."

„Weißt du, wie du seinen Wert verdoppeln kannst?"

„Nein."

„Indem du ihn volltankst."

„Na, hör mal! So schlecht ist der Wagen auch nicht. Im Gegenteil: Wenn er nicht mehr produziert wird, steigt der Wert der vorhandenen Exemplare."

„Das glaube ich nicht."

Ein anderer:

„Kennst du den? Treffen sich ein Trabi und ein Maultier. Fragt das Maultier: ‚Was bist denn du?' – ‚Ich bin ein Auto.' – ‚Dann bin ich ein Pferd.'"

Tamara meinte:

„Dann nimm das: Was ist der Unterschied zwischen Wessis und Russen? Die Russen werden wir wieder los."

„Vorsicht, was du sagst. Du befindest dich hier im Westen. Aber bald wird es bei euch auch so aussehen wie hier. Das verspreche ich dir."

„Ein Wessi-Versprechen? Da fällt mir noch einer ein. Ossi zum Wessi: ‚Du hast dein Versprechen gebrochen!' – ‚Kein Problem. Du bekommst ein neues.'"

Jetzt kamen Kevins Freunde erst richtig in Fahrt. Zwei spielten sich den Ball gegenseitig zu. Der erste:

„Warum war in der DDR das Toilettenpapier so hart?

Der zweite:

„Damit auch der letzte Arsch rot wird."

Wieder der erste:

„Warum war in der DDR das Toilettenpapier zweilagig?"

Der zweite:

„Ein Durchschlag ging nach Moskau."

Tamara konterte:

„Eure Witze sind nicht neu. Die kenne ich alle noch aus der DDR. Können Wessis sich nicht eigene ausdenken?"

Kevin pflichtete Tamara bei.

„Da seht ihr es: Über sich selbst zu lachen, ist echter Humor. Eure Witze sind dagegen bloß Spott über Ossis. Mit eurem Verhalten zementiert ihr das Vorurteil vom arroganten Besser-Wessi. Ihr solltet euch schämen!"

„Entschuldigung. War nicht böse gemeint."

Tamara nahm die Entschuldigung an, trug nichts nach und wurde von den Anwesenden akzeptiert.

Alle seine Freunde lernte sie indes nicht kennen. In die Verbindung nahm Kevin sie nicht mit. Er hatte ihr zwar davon erzählt, aber diese bourgeoisen Organisationen verabscheute sie. Er konnte froh sein, dass sie ihm seine Mitgliedschaft nicht übelnahm.

Tamara fand schnell Arbeit im Westen. Sie fing in der Buchabteilung eines großen Kaufhauses an. Leider hatte sie Pech mit ihrem Abteilungsleiter, der alle Ossis für faul hielt. Er hatte sie auf dem Kieker und sie konnte ihm nichts recht machen. Als er eines Tages selbst eine Bestellung verschlampt hatte, gab er ungerechtfertigterweise ihr die Schuld und sie wurde entlassen, da sie sich noch in der Probezeit befand.

Sie fand jedoch bald eine neue Anstellung in einem kleinen Buchladen. Hier wurde ihre Arbeit sehr geschätzt, da sie engagiert und hart arbeitete. Der Ehrgeiz hatte sie gepackt. Ihr Ziel war, ein eigenes Buchgeschäft zu eröffnen.

Damit sie nicht zur Kapitalistin würde, wollte sie ein Kollektiv gründen und der Laden sollte sich im Besitz der Belegschaft befinden. Auf andere Weise würde sie auch das Geld nicht zusammenbringen. Trotzdem würde es eine Weile dauern, bis es soweit war. Sie sparte eisern und suchte in der Zwischenzeit Gleichgesinnte, mit denen sie eine aktive Partnerschaft eingehen könnte.

Kevin machte inzwischen Fortschritte in seinem Medizinstudium. Trotz seiner Eskapaden hatte er den Stoff gelernt und das Physikum bestanden. Er befand sich nun in der klinischen Phase. Das weckte sein Interesse, er engagierte sich. Trotzdem fand er eine gesunde Balance zwischen Studium und Freizeit. Hinzu kam, dass er noch seine Verpflichtungen in der Verbindung zu erfüllen hatte. Er wurde für ein Semester Consenior und zählte damit zu den Chargierten, was einiges an Aufwand mit sich brachte. Neben all dem hatte er das Bedürfnis, viel Zeit mit Tamara zu verbringen.

Verwicklungen

Seit sie gemeinsam im Westen wohnten, unternahmen Kevin und Tamara viel mit Kevins Freund Tom und dessen Freundin Bianka. Sie verstanden sich alle vier gut miteinander und amüsierten sich prächtig. Gemeinsam gingen sie ins Kino, zum Essen, zum Baden, in Clubs, auf Partys, zu Konzerten usw.

Solche Vierergruppen sind leider oft instabil. Immer wird irgendetwas schieflaufen. Im vorliegenden Fall ergab sich das Problem daraus, dass Tom sich mehr zu Tamara hingezogen fühlte, als es sich eigentlich gehört hätte. Allerdings zeigte er es nicht offen, sondern projizierte seine Gefühle auf die anderen. Er säte unauffällig Eifersucht zwischen Kevin und Tamara, indem er Tamara öfter mal darauf aufmerksam machte, wie gut sich Kevin mit Bianka verstand.

Als Kevin Bianka einmal ein flüchtiges Bussi auf die Wange drückte, scherzte er unbefangen drauflos:

„Kevin, du alter Schwerenöter! Da muss ich ja eifersüchtig werden. Fehlt nur, dass du Bianka auch noch umarmst."

Dabei lachte er scheinbar unbekümmert, so dass Kevin darauf einging und Bianka scherzhaft in den Arm nahm. Tamara hätte sich nicht daran gestört, wenn sie nicht vorher schon von Tom mit dem Stachel der Eifersucht geimpft worden wäre. Sie reagierte nun humorlos und rief Kevin zur Ordnung:

„Behalte gefälligst deine Hände bei dir, Kevin!"

Damit hatte sie die unschuldige Stimmung zerstört und ein kleiner Schatten war auf ihre Beziehung zu Kevin gefallen. Tom merkte das und fühlte sich ermutigt.

In der Folge wurde Tom aufdringlicher. Nun ging er dazu über, Tamara immer ungenierter anzubaggern, wenn Kevin nicht dabei war.

Im Club tanzten sie manchmal mit vertauschten Partnern. Ganz harmlos eigentlich. Aber einmal ging es schief. Was ein Ausdruck des gegenseitigen Vertrauens hätte sein sollen, erwies sich als Sprengsatz für ihre kleine Vierer-Gruppe.

Tom hatte wohl etwas zu viel Alkohol intus. Der DJ hatte einen langsamen Song aufgelegt und Tom drückte sich eng an Tamara. Die wollte ihn wegschieben, aber Tom ließ nicht locker. Schließlich riss sich Tamara los und stürzte von der Tanzfläche, Tom hinterher.

„Was hast du denn? Stell dich nicht so an", versuchte er, sie zu besänftigen. „Wir verstehen uns doch gut. Komm, gib mir einen Kuss!" Und er befummelte sie.

Inzwischen waren Kevin und Bianka dazugekommen. Kevin erfasste die Situation sofort und verpasste Tom einen knackigen rechten Haken, so dass dieser zu Boden ging.

Dann ließ er sich von Tamara erzählen, was vorgefallen war und konnte es erst kaum glauben.

„Das erzählst du mir doch nur, weil du denkst, dass ich auf Bianka stehe. Ist dir nicht klar, dass du damit meine Freundschaft mit Tom zerstörst?"

„So wie der sich mir gegenüber verhält, ist er nicht dein Freund!"

Kevin sah es nicht dermaßen streng. In seinem Freundeskreis kam es schon mal vor, dass einer dem anderen die Freundin ausspannte. Aus irgendeinem Grund galt es als ungeschriebenes Gesetz, dass eine Mädchenangelegenheit eine Jungenfreundschaft nicht tangieren dürfe. Und schon gar nicht, wenn es nicht einmal zum Sex gekommen war.

Aber das galt für die Freundschaft in der Clique. Persönlich fühlte Kevin sich schon verletzt und auch Tom trug Kevin dessen Faustschlag nach. Hinzu kam, dass Kevin die Beziehung zu Tamara wichtig war und er sie nicht gefährden wollte. Er ließ Tom, wo er war, und verschwand mit Tamara aus dem Club.

Die Aktivitäten zu viert unterließen sie in Zukunft. Tom erkannte, dass er durchschaut worden war und zog sich zurück. Er und Kevin blieben Mitglieder ihrer gemeinsamen Clique, gingen sich aber nach diesem Vorfall aus dem Weg.

Akteneinsicht

Nach der Wiedervereinigung erlaubte die Gauck-Behörde jedem Bürger und jeder Bürgerin Einsicht in die früheren Stasi-Akten. Das war nur richtig, fand Kevin. Was er nicht ahnen konnte, war, dass Tamara dadurch in Schwierigkeiten kam. Es stellte sich heraus, dass sie IM (informelle Mitarbeiterin) bei der Stasi gewesen war, und sie wurde zur Vernehmung vorgeladen.

Dabei zeigte sich, dass Tamara keine Straftaten begangen hatte. Sie hatte lediglich über Gespräche des täglichen Lebens berichtet. So etwas fiel eher unter die Kategorie Klatsch und Tratsch.

Notgedrungen musste sie Kevin davon erzählen, bevor der es von anderer Seite erfuhr. Er fragte sie amüsiert:

„Dann warst du also doch bei der Stasi, als ich dich bei unserem ersten Treffen danach gefragt hatte."

„Ja, schon, aber IM war damals fast jeder. Jeder überwachte jeden. Nach diesem Prinzip lief es nun einmal ab. Doppelte Sicherung."

„Heißt das, du hast deinem Führungsoffizier auch über mich berichtet?"

„Natürlich. Das musste ich, sonst hätte ich Schwierigkeiten bekommen. Ich wurde selbstverständlich auch überwacht."

„Die sind doch alle paranoid! Aber dass ich dich für eine Stasi-Agentin gehalten habe, hast du ihnen doch hoffentlich nicht gesagt."

„Doch, eben das ist der Trick. Man muss jede noch so unwichtige Kleinigkeit berichten, um sie in Sicherheit zu wiegen. So kann man notfalls auch einmal etwas weglassen, ohne dass es auffällt ..."

„... so wie meine Frage nach der Stasi zum Beispiel ..."

„Nein, das war eine gute Frage. Auf diese Weise haben sie gemerkt, dass du misstrauisch bist, und sind nicht auf die Idee gekommen, dich hereinzulegen."

„Na, toll. Ein Glück, dass dieser Polizeistaat Vergangenheit ist! Aber noch eine Frage quält mich: Warst du eigentlich von der Stasi auf mich angesetzt worden? Haben wir uns etwa nur durch die Stasi kennengelernt?"

„Nein, dass wir uns da getroffen haben, war Zufall. Ich hatte gerade Arbeitspause und der Platz an deinem Tisch war frei."

Dass sie ihn gesehen und auf den ersten Blick sympathisch gefunden hatte, erzählte sie ihm nicht. Natürlich hatte sie seinerzeit erkannt, dass er aus dem Westen kam. Hatte sie sich trotzdem zu ihm gesetzt oder gerade deswegen? Er gehörte zum Klassenfeind.

Sunzi sagt in der „Kunst des Krieges":

„Wenn du dich und deinen Feind kennst, brauchst du das Ergebnis von hundert Schlachten nicht zu fürchten."

Hatte sie ihn deswegen kennenlernen wollen? Um den Feind zu kennen? Oder war es einfach weibliche Neugier? Oder tatsächlich Liebe auf den ersten Blick? Sie wusste es selbst nicht genau.

Jedenfalls war es kein Zufall gewesen, dass sie sich ausgerechnet an seinen Tisch gesetzt hatte. Aber alles brauchte Kevin auch nicht zu wissen.

Dann interessierte ihn noch, ob sie ihn verraten hätte, wenn er ihr erzählt hatte, dass er Devisen geschmuggelt hatte. Sie drehte den Spieß um:

„Vertrauen gegen Vertrauen. Du hast mir auch nicht vertraut und mir nichts davon gesagt."

„Ich kannte dich doch kaum. Dann kam hinzu, dass du so regimetreu gewirkt hast. Da hätte ich dich mit diesem Gewissenskonflikt nicht belasten wollen. Später stellte sich die Frage nicht mehr. Ich habe nur beim ersten Grenzübertritt geschmuggelt. Außerdem handelte es sich um einen minimalen Betrag: ein Bagatelldelikt."

„In der DDR gab es keine Bagatelldelikte. Jeder Gesetzesverstoß wurde strengstens bestraft. Ich weiß selbst nicht, wie ich reagiert hätte. Wahrscheinlich hätte ich dich nicht verraten, aber den Kontakt zu dir hätte ich vielleicht abgebrochen."

Eine Weile überlegte Kevin hin und her, ob er deswegen eingeschnappt sein sollte, sagte sich aber, dass es keinen Sinn habe, sich jetzt noch darüber aufzuregen, und entschied sich letztlich, die Sache zu den Akten zu legen.

Vietnam

Da inzwischen viele Jahre seit dem Krieg in Vietnam vergangen waren, konnte man, wenn man wollte, dorthin reisen. Juliane beschloss, die Gegend besuchen, wo Alex wahrscheinlich ums Leben gekommen war. Es dürfte dennoch recht abenteuerlich werden und sie wollte nicht allein fahren. So fragte sie ihren Großneffen Kevin, ob er sie begleiten wolle. Von Tamara hatte Kevin ihr erzählt und Juliane hatte sofort angeboten:

„Deine Freundin ist natürlich auch eingeladen."

Tamara war Feuer und Flamme für die Idee. Vietnam war für sie das Größte. Als Anhängerin der untergegangenen DDR verehrte sie dieses ferne Land, in dem der Kommunismus den Imperialismus besiegt hatte, wie sie sich ausdrückte.

So machten sie sich zu dritt auf den Weg, flogen auf Umwegen nach Ho-Chi-Minh-Stadt und bereisten mit einem Jeep und in Begleitung eines örtlichen Reiseführers die ehemaligen Kampfgebiete. Juliane vergoss einige Tränen beim Gedanken daran, dass Alex hier ums Leben gekommen war. Kevin und Tamara trösteten sie, so gut sie konnten.

Danach besuchten sie aber auch einige der spektakulären Stellen wie die Tempelanlage von My Son. Die vom Dschungel überwucherten Gebäude erinnerten sie an Angkor.

Kevin schlug Tamara vor, sie solle wie Lara Croft in Tomb Raider durch die Ruinen turnen und er würde sie dabei filmen. Tamara winkte ab:

„Ich bin doch nicht Angelina Jolie!"

„Du bist mindestens genauso attraktiv für mich."

„Danke, das ist nett, aber vom Filmen halte ich nichts, wie du ja weißt."

Ja, so war es. Tamara mochte nicht gefilmt werden. Das machte nichts. Sie hatten trotzdem Filmaufnahmen von ihr. Wenn sie gefilmt worden war, ohne es zu merken, schluckte sie es, ohne die Löschung der Aufnahmen zu verlangen. So hatte er unauffällig ein paar schöne Aufnahmen machen können.

Schade, dass sie sich so dagegen sperrte. Sie wirkte nämlich wirklich fotogen und hätte unter anderen Umständen etwas daraus machen können.

Ein Ultimatum

Helene Mahnfort, Kevins Großmutter und Julianes ältere Schwester, war gewissermaßen das Familienoberhaupt. Nicht nur, dass sie die älteste der drei Geschwister war, sie verfügte auch über ein gigantisches Vermögen, mit dem sie jeden unterstützte, der Hilfe brauchte – vor allem Kevin. Bisher hatte sie noch nichts von Tamara erfahren. Jetzt jedoch war die Zeit gekommen. Es gab ein Familientreffen, bei dem Juliane von ihrer Reise erzählen und die dabei aufgenommenen Filme zeigen wollte. Tamara war als Mitreisende natürlich auch eingeladen und so lernte Helene sie kennen.

Hier ergab sich ein Problem. Helene konnte mit Fug und Recht als erzkonservativ bezeichnet werden. Sie musste es wohl schon immer gewesen sein, aber nachdem sie durch ihre Heirat reich und dominant geworden war, wurde ihre Einstellung durch eine gnadenlose Intoleranz verschlimmert. Sie hätte gut und gerne ins neunzehnte Jahrhundert gepasst. Nun aber tyrannisierte sie ihre Umgebung.

Tamara, die keinen Hehl aus ihrer kommunistischen Gesinnung machte, gefiel ihr von Anfang an nicht. Als man dazu überging, ein wenig von sich zu offenbaren, erzählte Tamara unbekümmert von ihrer Vergangenheit im seinerzeit real existierenden Sozialismus und erwähnte dabei ganz nebenbei, dass sie den Untergang der DDR bedaure. Auch dass sie mit Kevin ohne Trauschein in dessen Studentenbude zusammenlebte, erwähnte sie ohne irgendwelche Schuldgefühle.

Das gefiel Helene schon mal nicht. Indes erzählte auch sie von ihrem Leben und stellte stolz die Leitung ihrer Fabrik in den Vordergrund.

Tamara konnte nicht anders und bemerkte:

„Finden Sie nicht, dass die Produktionsmittel in die Hand der Werktätigen gehören?"

„Um Gottes Willen! Sie sind wohl eine kommunistische Agentin! Kevin, wen hast du uns denn da angeschleppt. Jetzt kommt dieses ganze Gesindel zu uns herüber!"

Tamara blieb ihr nichts schuldig:

„Und Sie sind eine kapitalistische Ausbeuterin! Leute wie Sie hätte man bei uns erschossen!"

Helene schäumte. Nicht nur, dass Tamara offen ihre Autorität missachtete, sie drohte auch, Kevin mit ihrer marxistischen Ideologie zu verderben. Dass Tamara offenbar in wilder Ehe mit Kevin lebte, setzte der Sache die Krone auf. Helene bestand darauf, dass Tamara das Haus verließe und zog Kevin kurz beiseite. Sie eröffnete ihm, dass sie von ihm erwarte, dass er sich innerhalb eines Monats von „dieser Person", wie sie sich ausdrückte, trenne. Da gebe es keine Kompromisse. Wenn er es nicht täte, würde sie ihr Testament ändern und ihn enterben.

So kannte Kevin sie gar nicht, so kompromisslos und hart. Natürlich gab sie ihm schon immer gute Ratschläge, insbesondere jedes Mal dann, wenn sie ihm mit Geld aushalf. Er dachte, sie hätte sich daran gewöhnt, dass er ihre Ratschläge nicht befolgte. Auf jeden Fall nickte er immer folgsam, wenn sie ihm ihre Vorstellungen unterbreitete. Aber diesmal nicht! Seine große Liebe würde er nicht aufgeben, auch wenn er seiner Großmutter noch so viel Dankbarkeit schuldete. Es war schließlich sein Leben!

„Dieses Ultimatum werde ich nicht hinnehmen", schleuderte Kevin ihr also entgegen und fügte hinzu:

„Du kannst nicht alles bestimmen. Lass den Menschen in deiner Umgebung Luft zum Atmen!"

„Bis jetzt habe ich mich ja gar nicht in dein Leben eingemischt. Aber diesmal muss es sein – zu deinem eigenen Besten. Ich rate dir, dich zu fügen. Du hast keine Ahnung, was ich alles bewirken kann, wenn du nicht folgst."

„Niemals!", rief Kevin, holte Tamara und verabschiedete sich.

„Denk daran: einen Monat!", rief seine Großmutter ihm noch nach.

Kevin rief zurück:

„Niemals!"

Er und Tamara kehrten in ihre Wohnung zurück und Tamara wollte wissen, was passiert sei. Kevin hätte sie am liebsten damit verschont, wusste aber nicht, wie er ihr das Geschehene sonst hätte erklären sollen, ohne zu lügen.

„Typisch Kapitalisten", stellte Tamara fest, als sie es gehört hatte.

Ein ungeklärter Todesfall

Zwei Wochen später wurde Kevins Leben wirklich erschüttert. Er hatte im Haus seiner Großmutter übernachtet und wurde am nächsten Morgen von der Polizei geweckt. Man teilte ihm mit, dass seine Großmutter Helene Mahnfort und ihre Schwester Juliane Münzer tot in ihren jeweiligen Betten aufgefunden worden wären.

Frau Müller, die Haushälterin hatte sie gefunden und den Notarzt gerufen. Dieser hatte nur den Tod feststellen können und die Polizei verständigt.

Es war eine Tragödie; denn die Schwestern hätten noch einige Jahre vor sich gehabt. Helene hatte gerade erst ihren siebzigsten Geburtstag gefeiert. Im Nachbarzimmer hatte ihre zehn Jahre jüngere Schwester Juliane geschlafen und war ebenfalls nicht mehr erwacht. Dieses Zusammentreffen zweier Todesfälle überraschte schon sehr. Die Polizei war misstrauisch geworden und untersuchte die Todesfälle.

Am Vorabend hatten beide noch mit ihrer Familienangehörigen zu Abend gegessen, die dann über Nacht in der riesigen Villa geblieben waren. Derartige Treffen hielten sie von Zeit zu Zeit ab, um sich nicht aus den Augen zu verlieren. Viel Angehörige waren es nicht mehr: ihr gemeinsamer Bruder Daniel, Helenes Tochter Marianne und deren Sohn Kevin. Alle drei waren jetzt entsetzt. Sie hatten nichts bemerkt außer den üblichen Zipperlein, mit denen sich die alten Damen gelegentlich herumplagten.

Auf den ersten Blick deutete etwas auf einen Mord durch einen Einbrecher hin: Das Glas der Verandatür war eingeschlagen worden. Trotzdem schien nichts zu fehlen und die Wohnung war nicht verwüstet worden. Also ging es nicht um Diebstahl. Vielleicht Auftragsmörder. Die

Villa wurde abgesperrt und zum Tatort erklärt.

Die Polizisten vermuteten gleich einen Zusammenhang mit Helenes Reichtum. Zu Geld gekommen war sie seinerzeit durch ihre Heirat mit Winfried Mahnford, einem reichen Fabrikanten. Er galt damals als die beste Partie in ihrem Bekanntenkreis und sie wurde allgemein beneidet, weil sie ihn bekam. Andererseits lässt sich auch nicht leugnen, dass sie zu der Zeit das schönste Mädchen weit und breit war.

Somit hatte Helene den Ruf errungen, die Wohlhabende in der Familie zu sein, und glaubte, immer das Sagen haben zu müssen. Mit den Jahren hatte sie – inzwischen Witwe geworden – ein launisches Wesen entwickelt, unter dem vor allem ihre Haushälterin, Frau Müller, zu leiden hatte. Dennoch würde sie als großzügige Gönnerin mehrerer wohltätiger Organisationen schmerzlich vermisst werden.

Großzügig verhielt sie sich nicht nur bei der Wohltätigkeit. Ihrer Verwandtschaft gegenüber zeigte sie sich ebenfalls spendabel. Einziger Wermutstropfen: Man musste sie hofieren. Sie wollte gebeten werden und beanspruchte Dankbarkeit.

Wurde ihr Primat nicht anerkannt, konnte sie sich auch knallhart geben. So lag sie seit Jahrzehnten im Streit mit ihrem Bruder um ihr Elternhaus, eine schöne Villa am Wannsee. Die Geschwister hatten sich beim Unfalltod ihrer Eltern das Erbe geteilt, wobei sie sich über die Villa nicht hatten einigen können. Es musste ein Teilungsverkauf durchgeführt werden, in dessen Verlauf Helene – damals schon verheiratet – durch einen Strohmann das Haus erworben hatte. Ihr Bruder warf ihr später vor, ihn ausgetrickst zu haben. Der Groll schwelte weiter, da Helene nach dem Tod ihres Mannes das Haus bezogen hatte und es bis heute bewohnte. Trotzdem ging man geschwisterlich miteinander um, was auch immer das in diesem Fall heißen mochte. Juliane hatte sich aus dem Streit herausgehalten. Ihr liebenswertes und bescheidenes Naturell hatte es ihr ermöglicht, nicht nachtragend zu sein und ihren Teil des Erbes dankbar anzunehmen.

Lange hatte sich Helene auch großzügig gegenüber ihrem Enkel Kevin erwiesen, nicht mehr jedoch zuletzt, da sie immer mehr den Eindruck gewonnen hatte, ausgenutzt zu werden. Die regelmäßigen Fragen ihres Enkels nach Geld und die Beobachtung, dass er das Geld sinnlos verprasste, hatten sie verärgert. Eine zu melkende Kuh wollte sie nicht sein!

Nun also waren sie und ihre Schwester verstorben. Ein natürlicher Tod schien auszuscheiden. Die Kripo würde ermitteln.

Ermittlungen

Er würde in alle Richtungen ermitteln, gab der zuständige Kommissar, Herr Tellerbruch, bekannt. Zunächst nahm er die zerbrochene Glasscheibe in Augenschein. Sofort fiel ihm auf, dass die Scherben auf der Außenseite der Tür lagen. Die Scheibe musste von innen eingeschlagen worden sein.

„Amateure!", murmelte Kommissar Tellerbruch abfällig.

Hier sollte offenbar ein Einbruch vorgetäuscht und der Verdacht auf angebliche Einbrecher gelenkt werden, um von einem Täter im Haus abzulenken. Darauf fiel ein Kommissar Tellerbruch nicht herein!

Somit fokussierte er sich im nächsten Schritt auf die im Haus Anwesenden, insbesondere die Haupterben: Marianne und Kevin. Laut Testament erbten beide je die Hälfte des Hauptvermögens von Helene.

Inzwischen war eine Autopsie durchgeführt worden. Das schockierende Ergebnis: Die beiden alten Damen waren vergiftet worden! Das sprach für einen Insider.

Kevin als Medizinstudent kam dem Kommissar gleich verdächtig vor: Dieser kannte sich durch sein Studium mit Giften aus und pflegte einen verschwenderischen Lebensstil, den er durch Zuwendungen seiner Großmutter finanzierte. Immer wieder hatte es Auseinandersetzungen deswegen mit ihr gegeben. Vielleicht hatte der unersättliche Enkel die Sache ein für alle Mal regeln wollen.

Nachweisen konnte Kommissar Tellerbruch ihm die Tat vorläufig noch nicht. Aber er klemmte sich dahinter, hoffte auf einen schnellen Durchbruch.

Routinemäßig wurde die Villa gründlich durchsucht. Dann ging es mit Kevins Wohnung weiter. Darauf hatte der Kommissar insgeheim seine Hoffnungen gesetzt, wurde aber enttäuscht. Eigentlich musste jedoch klar sein, dass man nichts finden würde. So dumm wäre kein Täter, Indizien in seiner Wohnung zu belassen.

Kommissar Tellerbruch wusste: So käme er nicht weiter. Er musste die Ereignisse des Mordtages rekonstruieren. Die Vergiftung der Opfer hatte sich beim Abendessen ereignet. Zu diesem Anlass waren der gemeinsame Bruder der beiden Opfer, Daniel, sowie Helenes Tochter und ihr Enkel eingeladen gewesen. Neben den beiden Ermordeten waren also nur vier Personen in der Villa zugegen gewesen: Daniel, Marianne, Kevin und die Haushälterin Frau Müller. Einer oder eine von ihnen musste es gewesen sein.

Die Haushälterin hatte das Essen zubereitet, das, wie die Untersuchung zeigte, das Gift in der Soße enthalten hatte. Jeder hatte im Verlauf des Vorabends mindestens einmal die Küche betreten und hätte damit Gelegenheit gehabt, das Essen zu vergiften. Offenbar musste die ganze Sauciere vergiftet worden sein; denn auf die Teller kam die Sauce erst am Tisch.

Dann aber wurde es interessant. Wer hatte wieviel gegessen? Kevin hatte behauptet, keinen Appetit zu haben, und gar nichts gegessen. Sehr verdächtig! Marianne, die abnehmen wollte, hatte nur eine Kleinigkeit zu sich genommen. Daniel hatte gegessen, aber ohne die Sauce, die er nicht mochte. Dass er keine Sauce mochte, war bekannt – er nahm nie Sauce zu sich. Das hätte er für den Mord nutzen können, aber es wäre auffällig gewesen. Eher sah es nach Zufall aus, dass gerade die Sauce vergiftet worden war. Oder der Mörder hätte ihn verschonen wollen …

Lediglich die beiden alten Damen hatten mit erstaunlichem Appetit alles in ausreichender Menge gegessen. In der Nacht hatte das Gift seine Wirkung getan. Helene und Juliane hatten es nicht überlebt. Marianne gab auf Nachfrage an, leichte Symptome gezeigt zu haben. Auch ihr Blut wurde untersucht und wies Spuren des Giftes auf.

Dass Kevin keinen Appetit gehabt haben sollte, ließ sich natürlich nicht widerlegen. Das war kein Beweis. Ebenso wäre es möglich gewesen, dass Marianne, wenn sie es gewesen wäre, die Dosis des von ihr zu sich genommenen Giftes so kalkuliert haben könnte, dass sie überlebt hätte und gleichzeitig den Verdacht von sich abgelenkt hätte.

Das führte zunächst nicht weiter. Also wieder zu den Motiven.

Daniel hatte seit langem im Streit um das Haus mit Helene gelegen. Das könnte ein Motiv liefern und der Kommissar durchleuchtete die Angelegenheit gründlich. Im Testament, das schon recht alt war, hatte Helene mit einem gewissen Schuldbewusstsein verfügt, dass er die Villa erben sollte. Das Haus war damit vergeben; das restliche Vermögen, also den größten Teil des Erbes, sollten sich ihre Tochter und ihr Enkel teilen – bis auf einen gewissen Betrag für die Haushälterin als Anerkennung für ihre Dienste. Das Testament sah vor, dass, wenn einer der beiden Haupterben wegfallen sollte, der Verbleibende alles erben sollte. Sollten beide Haupterben nicht zur Verfügung stehen, sollte das Vermögen an eine gemeinnützige Organisation gehen, die benannt wurde.

Dieses Testament war allen bekannt. Daniel hätte damit ein Motiv gehabt. Zur Rede gestellt, behauptete er jedoch, sich mit seiner Schwester inzwischen geeinigt zu haben: Sie hätte ihm das Haus überschrieben, wobei er ihr im Gegenzug ein lebenslanges Wohnrecht eingeräumt hätte. Nachforschungen beim Grundbuchamt bestätigten das. Das Testament war in dieser Hinsicht obsolet und Daniel hatte also doch kein Motiv. Seine Schwester umzubringen, um schneller in das Haus einziehen zu können, erschien abwegig. Ihm war es immer nur um das Eigentum gegangen. Er wohnte inzwischen sehr gut anderswo und wäre wohl vorläufig gar nicht in die Villa eingezogen.

Die Durchsuchung der Küche hatte noch eine interessante Spur hervorgebracht. In der Nähe der Stelle, wo die Sauciere befüllt worden war, hatte man Julianes Brosche auf dem Küchentisch gefunden. Sollte Juliane selbst versucht haben, sich und ihre Familie umzubringen? Ein erweiterter Suizid? Aber nein, jeder konnte bezeugen, dass sie mit ihrem Leben zufrieden war – trotz ihrer Trauer um ihren Verlobten. Sie hatte kein Motiv, jemanden umzubringen, und keiner hatte ein Motiv, sie umzubringen. Wenn man so etwas in Betracht zog, hätte es auch Helene selbst oder beide Schwestern gemeinsam gewesen sein können. Auch für diese Varianten fehlte jegliches Motiv.

Noch etwas sprach gegen Julianes Selbstmord. Ihr Tagebuch war gefunden worden. Sie hatte nach Alex' Abschied damit begonnen, ihrem Verlobten Briefe zu schreiben, die dieser anfangs auch beantwortet hatte. Später, als jedes Lebenszeichen ausblieb, war Juliane dazu übergegangen, ihre immer hoffnungsloseren Briefe als Einträge in ein Tagebuch zu schreiben. Der letzte stammte vom Abend ihres Todes und lautete:

„Lieber Alex,

heute hatten wir wieder einmal ein gemeinsames Abendessen im Familienkreis veranstaltet. Helene, Daniel, Marianne und Kevin waren anwesend.

Die Atmosphäre wollte sich nicht so recht lockern. Zu viel Anspannung. Helene dominierte wie immer. Ich habe es dennoch genossen, alle beieinander zu sehen.

Leider vermisse ich die schöne Brosche, die du mir damals geschenkt hast. Ich hoffe, ich habe sie nur verlegt und nicht verloren. Morgen werde ich überall nach ihr suchen.

Nun gehe ich zu Bett. Draußen regnet es und ich habe das Fenster geöffnet. Der Regen stimmt mich melancholisch. Ich muss an unseren Nachmittag bei der Waldwanderung denken, als uns der Regen überrascht hat. Wir hatten uns notdürftig untergestellt und bewunderten das Pladdern der Tropfen auf den Blättern. Was für ein wunderbarer Moment! Wie hatten wir uns damals einander verbunden gefühlt! So etwas ist für die Ewigkeit. Nun tauche ich wieder in diesen Augenblick ein. Wenn ich die Augen schließe, bin ich wieder ganz dort bei dir. Es ist so schön! Ich versinke völlig in dieser Erinnerung.

In Gedanken bin ich immer bei dir und werde von dir träumen. Morgen wird wieder ein großartiger Tag. Ich werde dir davon schreiben.

In Liebe

Deine Juliane"

Das war doch nicht die letzte Nachricht einer Selbstmörderin! Ausdrücklich plante sie für den nächsten Tag. Nein, sie war offenbar ein zufälliges Opfer, ein Kollateralschaden des Mordes an ihrer Schwester.

Was die Brosche betraf, sah es eher aus, als ob jemand sie dort platziert hätte, um den Verdacht auf sie zu lenken oder nur, um Verwirrung zu stiften. Das würde nicht gelingen! Umgekehrt hieß das wiederum, dass die Person, die Juliane die Brosche entwendet hatte, auch der Mörder oder die Mörderin sein dürfte. Die entsprechende Person zu finden, schien jedoch nicht einfacher zu sein als die direkte Suche nach dem Mörder, da Juliane ihren Verlust nicht zur

Sprache gebracht hatte und entsprechend keinen Verdacht hatte äußern können.

Die Haushälterin hätte natürlich ebenfalls die Möglichkeit gehabt, das Gift ins Essen zu tun. Mag sein, dass sie zuweilen unter den Launen ihrer Arbeitgeberin zu leiden hatte, aber deswegen bringt man doch niemanden um! Nein, ein echtes Motiv hatte sie nicht. Im Gegenteil: durch den Tod ihrer Arbeitgeberin verlor sie ihren sehr großzügig entlohnten Job. Nein, sie hatte nur Nachteile davon und kam daher nicht in Frage.

Aber sie konnte nützlich sein. Sie war die meiste Zeit in der Küche gewesen und könnte etwas beobachtet haben. Der Kommissar befragte sie separat:

„Hier kann uns niemand hören, Frau Müller. Sie brauchen keine Angst zu haben. Erzählen Sie mir haarklein, wer wann in die Küche kam und was er oder sie genau getan hat."

Frau Müller erzählte brav alles, woran sie sich erinnerte und der Kommissar brachte durch gezieltes Nachfragen weitere

Details ans Licht. Sogar einen Verdacht äußerte sie: Kevin sei in eine Kommunistin verliebt und deswegen bei Helene in letzter Zeit unbeliebt gewesen sei, um es vorsichtig auszudrücken.

Kommissar Tellerbruch wies sie darauf hin, dass Kommunismus kein Verbrechen sei und dass eine solche unbegründete Verdächtigung, wie sie sie geäußert hatte, auf der Grenze zur Illegalität anzusiedeln sei.

Andererseits hatte er sie selbst zum Tratschen aufgefordert und musste sich Derartiges nun anhören. Wohl völlig überflüssigerweise. Tatsächlich blieben die großen Erkenntnisse aus. Schließlich hatte er eine Idee:

„Wie wäre Folgendes, Frau Müller? Sie sagen nachher vor allen Anwesenden, dass Sie wüssten, wer es gewesen war, und dass Sie mir das morgen mitteilen würden. Der Mörder oder die Mörderin hätte dann keine andere Wahl, als sie in der Nacht umzubringen. Wir würden Sie natürlich gut bewachen und den- oder diejenige beim Versuch festnehmen. Was meinen Sie?"

„Ich bin doch nicht lebensmüde, den Lockvogel für Sie zu spielen! Das Risiko gehe ich nicht ein."

Dass sie eine solche Angst vor dem Täter/der Täterin hatte, bestätigte noch einmal, dass sie es selbst nicht gewesen sein konnte. Das hatte Herr Tellerbruch allerdings schon vorher gewusst. Seinen wunderschönen Trick konnte er jetzt aber vergessen. Die Haushälterin würde nicht mitspielen.

Also rückte die Frage nach dem Gift in den Vordergrund. Dieses ließ sich leicht identifizieren: Es handelte sich um Thallium, das in Rattengiften vorkam. Solche Gifte ließen sich überall kaufen und wurden in Massen gehandelt. Da würde es kaum möglich sein, einen Kauf zurückzuverfolgen. Aber das war gar nicht nötig. Es klärte sich von allein auf: Das Rattengift hatten sie schon seit langer Zeit im Haus. Ein Kammerjäger, den sie wegen ihres Rattenproblems beauftragt hatten, hatte es ihnen ausgehändigt und bezeugte das auch auf Nachfragen. Alle Familienangehörigen hatten es in der Hand gehabt und ihre Fingerabdrücke befanden sich darauf. Das lieferte keinen Hinweis.

So kam Herr Tellerbruch nicht weiter. Er musste das Motiv klarer herausarbeiten. Schnell fand er heraus, dass Kevin in letzter Zeit mehr Schulden angehäuft hatte als je zuvor. Seine Bitte an die Großmutter um mehr Geld wurde diesmal nicht erhört, was zu einem handfesten Streit mit der störrischen alten Dame führte.

Die Polizisten befragten Kevins Freunde und hatten Erfolg. Tom, der Kevins Faustschlag nicht vergessen hatte, berichtete nur zu bereitwillig, dass Kevin wütend auf seine Großmutter gewesen war und ihr gedroht hatte. Das festigte das Motiv. Aber es gab noch mehr …

Der Kommissar konfrontierte alle Beteiligten in einer gemeinsamen Sitzung mit seinen Ergebnissen. Er machte es spannend wie Poirot im Krimi und endete damit,

Kevin zu beschuldigen. Hierbei ließ er eine Bombe platzen:

„Sie, Herr Kevin Mahnfort, hatten das stärkste Motiv von allen. Ihre Großmutter hatte erfahren, dass Sie eine atheistische Kommunistin heiraten wollen. Das hat die alte Dame in ihrer moralischen Einstellung, die im Katholizismus des letzten Jahrhunderts wurzelt, gestört. Sie hat Ihnen damit gedroht, Sie zu enterben, wenn Sie Ihre Beziehung nicht sofort beenden. Sie im Gegenzug haben sie als altmodisch beschimpft und wörtlich gesagt: ‚Du hast ein Herz aus Stein. Sieh nur zu, dass du schnell machst mit dem Enterben, sonst schaffst du es nicht mehr, bevor du stirbst!' Die Haushälterin hat alles mitangehört."

Der Kommissar hatte dies in einem zweiten Gespräch mit Frau Müller erfahren. Im ersten Gespräch hatte er sie mit seinem Hinweis, dass eine unbegründete Verdächtigung illegal sei, derart eingeschüchtert, dass sie nichts mehr erzählt hatte. Erst nachdem er sie wiederum ausgiebig ermutigt hatte, war sie bereit gewesen, weitere Details preiszugeben.

Jetzt aber fuhr er fort, indem er mit ausgestrecktem Zeigefinger auf Kevin zeigte:

„Das war eine handfeste Morddrohung. Sie haben sie umgebracht!"

Wenn er gehofft hatte, durch die Dramatik seines Auftritts ein Geständnis von Kevin zu erhalten, verbunden möglicherweise mit einem vergeblichen Fluchtversuch, so hatte er sich getäuscht. Der Beschuldigte blieb ganz ruhig sitzen und stritt alles ab. Er stellte fest:

„Die erwähnte Äußerung meiner Großmutter gegenüber war unschön und ich bedaure sie. Ich hatte es jedoch nicht so gemeint, wie es sich jetzt anhört. Sie unterstellen mir da etwas. Bei meinen unglücklich gewählten Worten handelte es sich lediglich um eine Anspielung auf ihr Alter. Das gehört sich nicht, ich weiß. Aber ich wollte sie nur dazu bewegen, auch meinen Standpunkt eines jungen Menschen zu verstehen und uns zu unterstützen, statt uns Steine in den Weg zu legen.

Ich bin meiner Großmutter sehr dankbar für ihre langjährige Unterstützung. Sie war immer für mich da. Nie würde ich ihr etwas tun. Ich habe sie geliebt."

Auf die anderen Zuhörer hatte jedoch die Vorstellung des Kommissars ihre Wirkung nicht verfehlt. Sie neigten nun mehrheitlich dazu, Kevin für den Täter zu halten.

Dieser bemerkte die verlegenen Blicke der Umsitzenden und platzte entsetzt heraus:

„Ihr glaubt doch diesen Quatsch nicht etwa?!"

Betretenes Schweigen.

Da trat plötzlich seine Mutter Marianne hervor und sprach mit schneidender Stimme:

„Lassen Sie meinen Sohn in Ruhe! Er war es nicht. Ich habe es getan."

Kevin versteinerte. Das verstand er überhaupt nicht. Seit wann kümmerte sich seine Mutter um ihn? Er hatte praktisch nie etwas mit ihr zu tun gehabt, war nach der Scheidung seiner Eltern bei seinem Vater aufgewachsen. Warum sollte sie ihm jetzt beispringen wollen? Und noch dazu ohne Not; denn es gab doch noch gar keine schlüssigen Beweise gegen ihn, nur Indizien. Ob die vor Gericht standhalten würden, wäre erst einmal abzuwarten. Hatte sie die Nerven verloren? Das wäre gar nicht ihre Art. Sie war immer eiskalt und berechnend. Es musste etwas anderes sein. So, wie er sie kannte, gab es nur einen Menschen, der ihr wichtig war, und das war sie selbst. Dass sie allerdings behauptete, es selbst gewesen zu sein, schien ihm durchaus glaubhaft. Er wusste, dass sie über Leichen ging, wenn es sein musste. Aber dann hätte sie es nie zugegeben. Merkwürdig! Er entschied sich, nichts zu sagen.

Die Worte standen im Raum. Damit hatte Marianne den Kommissar vollkommen überrumpelt. Der war nicht gerade erfreut, derart bloßgestellt zu werden, nachdem er sich alles so schön zurechtgelegt und seinen theatralischen Auftritt genossen hatte.

Aber er musste darauf eingehen. Zunächst wurde das Geständnis zu Protokoll genommen, dann folgten weitere Untersuchungen. Kommissar Tellerbruch befragte die neue Verdächtige nach allen Details der Tat.

Vor allem wollte er die Dosierung des Giftes wissen. Marianne beantwortete die Frage gewissenhaft, nicht ohne noch einmal zu betonen, dass ihr Sohn so etwas nie tun würde. Der Kommissar kündigte an, er würde die Dosis überprüfen. Dann wollte er wissen, wie es ihr gelungen sei, das Gift unbemerkt in die Soße zu tun. Das sei leicht gewesen, meinte Marianne. Frau Müller habe einen Fernseher in der Küche, an dem sie jede freie Minute wie gebannt klebe. Da könne die Welt um sie herum in Trümmer fallen.

Kommissar Tellerbruch war immer noch nicht überzeugt. Ihn wurmte, dass er sich mit seiner Theorie geirrt haben sollte. Was, wenn das Geständnis falsch war? Was, wenn sie nur ihren Sohn schützen wollte? Mütter tun so etwas aus Liebe. Er würde alles ganz genau prüfen.

Und er fand etwas: Die von Marianne Mahnfort genannte Dosis erwies sich als viel zu hoch. Bei der Dosis hätte man das Gift im Essen herausgeschmeckt. Er hielt es Frau Mahnfort vor. Die entgegnete, dass sie hatte eben sichergehen wollen und dass die Geschmacksnerven der beiden alten Damen doch gar nicht mehr richtig funktioniert hätten. Und außer den Opfern und ihr selbst hätte ja niemand davon gegessen. Dass Juliane auch gestorben wäre, täte ihr leid, aber es wäre unvermeidbar gewesen, wenn sie keinen Verdacht erregen wollte.

Die Essensreste waren in der Zwischenzeit sichergestellt worden. Sie befanden sich im Mülleimer in der Küche. Es zeigte sich, dass tatsächlich die von Frau Mahnfort angegebene Menge falsch war, zu hoch, und zwar um Größenordnungen!

Das war es! Sie hatte es nicht besser gewusst! Das war der Beweis, dass sie es nicht gewesen sein konnte. Kommissar Tellerbruch triumphierte und fühlte sich bestätigt. Er hatte damit Marianne Mahnfort ausgeschlossen – also musste es wirklich Kevin gewesen sein. Er hatte nach allem doch recht gehabt und fühlte sich in seiner Berufsehre bestätigt. Was für ein erhebendes Gefühl!

Der Kommissar war von seiner plötzlichen Einsicht so überwältigt, dass er absolut überzeugt war, den Fall gelöst zu haben. Er wollte ihn nunmehr abschließen und teilte dies seiner Assistentin, Frau Kluge mit. Frau Kluge wagte, vorsichtig zu widersprechen:

„Diese Frau Mahnfort macht auf mich den Eindruck einer eiskalten, berechnenden Frau. Ich würde ihr zutrauen, dass sie das Ganze arrangiert hat. Sie spielt die liebende Mutter nur. Warten Sie lieber noch damit, den Fall ganz abzuschließen."

„Papperlapapp, Frau Kluge. Das, was Sie da vorbringen, beruht nur auf weiblicher Intuition. Sentimentale Gefühlsduselei. Ich dagegen habe mit glasklarer Logik bewiesen, dass der Sohn der Täter sein muss. Das kann – ich muss es leider sagen – nur ein Mann beweisen. Zu dieser Art von kristallklarer Logik sind Frauen einfach nicht fähig. Und das Ergebnis ist so sicher wie das Amen in der Kirche. Keiner könnte so eine männliche Schlussfolgerung manipulieren, schon gar keine Frau."

Frau Kluge schwieg. Sie kannte die Frauen besser. Und Schweigen würde ihr mehr nutzen als offener Widerspruch. Sie hatte vor, auf eigene Faust weiter zu ermitteln. Hätte sie dem Kommissar gesagt, was sie vorhatte, hätte er es ihr schlichtweg verboten, so verbohrt, wie er war. Sie schuldete ihm zwar Kollegialität, aber ihre Schuldigkeit hatte sie mit ihrer Meinungsäußerung getan. Wenn der Kommissar ihre Meinung nicht hören wollte: selbst schuld. Sie würde im Stillen nachforschen.

Inzwischen gab Kommissar Tellerbruch unbeirrt seine Pressekonferenz, in der er sein Ermittlungsergebnis stolz präsentierte. Es lässt sich nicht leugnen, dass seine Ausführungen einer gewissen Überzeugungskraft nicht ermangelten. Die Medien berichteten darüber und es gab jetzt für ihn kein Zurück mehr, ohne dass es sehr peinlich geworden wäre. Dieses Risiko hatte er ohne Not aus reiner Erfolgssucht auf sich genommen.

Frau Kluge forscht weiter

Frau Kluge blieb skeptisch. Sie hatte tatsächlich dieses weibliche Gespür, das ihr sagte, dass Marianne Mahnfort falschspielte. Sie spürte die Kälte hinter ihrem Lächeln, die Gerissenheit und die Skrupellosigkeit ihres Charakters. Ihr traute sie zu, den eigenen Sohn ans Messer zu liefern, ohne mit der Wimper zu zucken.

Zunächst gab ihr eine konkrete Frage zu denken: Warum hatte der Täter die Essensreste in der Küche nicht vernichtet? Die Haushälterin hatte sie in den Müll getan, aber der stand noch in der Küche. Der Täter hätte ihn als ein mögliches Beweismittel doch entfernen müssen! Der einzige Grund, dies nicht zu tun, wäre der gewesen, den Marianne hätte, nämlich die Dosisangabe überprüfbar zu machen und damit ihre Selbstbeschuldigung als falsch erscheinen zu lassen.

Sie recherchierte in der Vergangenheit der Lady und wurde fündig: Das Verhältnis zwischen Mutter und Sohn frostete nur so vor sich hin. Sie hatte ihn seinerzeit ungewollt bekommen und nie akzeptiert. Als sie sich von ihrem Mann hatte scheiden lassen, hatte sie das Sorgerecht an den Ex-Mann abgetreten. Nie mehr hatte sie sich um den Sohn gekümmert. Das waren die Fakten, die sie jetzt zu verdrehen versuchte, indem sie die liebende Mutter spielte. So etwas Verlogenes!

Noch mehr passte ins Bild: Wenn Kevin als Mörder verurteilt würde, dürfte er nicht mehr erben und Helenes gewaltiges Erbe fiele ganz und gar Marianne zu. Das rundete das Motiv ab. Fehlte nur noch ein schlagkräftiger Beweis.

Frau Kluge grub weiter. Die Erblasserin hatte auch bei Marianne die strenggläubige Katholikin heraushängen lassen und ihrer Tochter die Scheidung nie verziehen. Infolgedessen hatte sie ihr untersagt, je wieder zu heiraten, wenn sie nicht enterbt werden wollte.

Tatsächlich hatte Marianne aber nach zahlreichen Affären einen Mann gefunden, den sie heiraten wollte. Zunächst nur ein heimlicher Wunsch, wurde dieser Gedanke zu einem handfesten Plan. Dessen Verwirklichung wäre allerdings nur möglich gewesen, wenn ihre Mutter nicht mehr lebte. Offenbar hatte die Tochter keine Lust gehabt, lange darauf zu warten. Auch das schien ein offensichtliches Motiv zu liefern, bedurfte aber ebenfalls noch eines Beweises.

Schließlich gelang Frau Kluge der alles entscheidende Treffer. Sie ließ den E-Mail-Verkehr zwischen den beiden Liebenden – Marianne und ihrem Liebhaber – nach Hinweisen durchsuchen. Das durchzuführen, ist zugegebenermaßen eine schmutzige Sache. Man tut so etwas nicht und es wird auch normalerweise vom Staatsanwalt nicht genehmigt. Die Regel lautet: nur bei begründetem Verdacht. Der lag aber wegen Mariannes Geständnis klar vor. Und es ging um Mord! Also gab der Staatsanwalt grünes Licht und die IT-Experten der Kripo hackten die beiden Computer.

Es sollte sich herausstellen, dass diese Untersuchung Marianne zu Fall bringen würde. Hier hatte sie bei all ihrer Raffinesse einen Fehler begangen: Sie hatte zu schlau sein wollen. Ihr Trick war nach hinten losgegangen. Das freiwillig abgelieferte Geständnis hatte sie zwar in Kommissar Tellerbruchs Augen unschuldig erscheinen lassen, was ja der Zweck der Sache war – es hatte sie jedoch wichtiger Rechte beraubt, die sie als unverdächtige Bürgerin gehabt hätte. So wurde sie nun angreifbar.

Die IT-Spezialisten wurden dann auch fündig. In dem regen E-Mail-Verkehr zwischen Marianne und ihrem Liebhaber gab es eine aussagekräftige E-Mail von Marianne mit folgendem Wortlaut:

„Liebster, es ist getan. Wir sind frei. Bereite alles für unsere Reise vor!"

Sie war am Morgen nach dem Mord gesendet worden. Das sagte alles. Aber noch weitaus mehr gab es in dieser Richtung, zum Beispiel von ihrem Liebhaber am Abend vor dem Mord:

„Pass auf, dass du das Gift nicht zu hoch dosierst, sonst passiert dir selbst noch etwas, wenn du davon isst!"

Das reichte als Beweismaterial aus und Frau Kluge legte es dem Kommissar vor. Der wollte die Geschichte erst nicht so recht glauben, musste sich aber dann den Fakten beugen. Als einsichtiger Mensch ließ er sich sogar dazu hinreißen, seine Fehler einzugestehen und Frau Kluge zu loben sowie sich für seine früheren sexistischen Bemerkungen zu entschuldigen. Zum Schluss fügte er noch hinzu:

„Und erinnern Sie mich bitte bei Gelegenheit immer wieder daran, dass männliche Arroganz nichts bringt!"

Frau Kluge gab lachend zurück:

„Wird gemacht, Chef."

Es wiederum seinen Vorgesetzten zu erklären und eine neue Pressekonferenz einzuberufen, stand dem armen Kommissar noch bevor. Da musste er jetzt durch. Verdient hatte er es ja eigentlich. So schlimm wie befürchtet wurde es dann auch wieder nicht.

Der Fall ging vor Gericht und Marianne Mahnfort wurde wegen Mordes aus niederen Beweggründen zu einer lebenslangen Haftstrafe verurteilt, ihr Geliebter wegen Mitwisserschaft zu einer Bewährungsstrafe. Die Verurteilung wegen Mordes an der Erblasserin zog es nach sich, dass Marianne ihre Erbansprüche aus Sittlichkeitsgründen verlor und Kevin das ganze Vermögen seiner Großmutter erbte. Nach Geld zu fragen brauchte er nun nicht mehr.

Erstaunlich, wie gut die Buschtrommeln in Kevins Studentenverbindung funktionierten. Kevin hatte die Neuigkeiten seinem Leibburschen erzählt, der gab sie an die Bierfamilie weiter, von denen der eine oder andere in feucht-fröhlicher Runde damit prahlte, und bald wussten es alle in der Verbindung und alle, die Kontakt zur Verbindung hatten.

Kurze Zeit später nahm Amélie wieder Kontakt zu Kevin auf. Warum wohl? Weil sie gehört hatte, dass er jetzt reich war? Ziemlich durchsichtig. Offenbar ließ sie sich davon nicht stören. Sie klingelte eines Tages unangemeldet an Kevins Tür und begrüßte ihn mit einem Kuss.

„Hallo Kevin, Schatz, wir haben uns ja ewig nicht mehr gesehen."

Kevin schien völlig überrumpelt zu sein. Tamara, die aus dem Nebenzimmer hinzugetreten war, grüßte freundlich:

„Hallo, ich bin Tamara."

Amélie ignorierte sie vollkommen. Kevin wollte Tamara ausführlicher vorstellen, kam aber nicht dazu. Ein weiterer Kuss von Amélie verschloss ihm den Mund. Gleichzeitig drehte Amélie ihn mit dem Rücken zu Tamara, die sie weiterhin keines Blickes würdigte. Kevin war immer noch benommen von der Überrumpelung, während Tamara dastand wie bestellt und nicht abgeholt. Sie musste nun erkennen, dass es sich bei der Angekommenen um eine Rivalin handelte, die den Kampf wollte. Die

Spannung zwischen den beiden Frauen hätte man mit einem Messer schneiden können. Auf einen offenen Zickenkrieg wollte Tamara sich jedoch nicht einlassen. Das würde sie auf andere Weise klären. Schließlich bemerkte sie schnippisch:

„Na, dann will ich euch zwei Turteltäubchen mal nicht länger stören. Ihr habt die Wohnung für euch."

Damit warf sie sich einen Mantel über und verließ die Wohnung.

Kevin rief ihr noch nach:

„Tamara, es ist nicht, was du denkst", aber seine Freundin hörte es nicht mehr oder wollte es nicht hören.

Nun standen Amélie und er sich allein gegenüber. Wenn Amélie erwartet hatte, jetzt von ihm umarmt zu werden, so wurde sie enttäuscht. Wie die Situation zustande gekommen war, gefiel Kevin überhaupt nicht. Aber trotzdem: Er freute sich, seine frühere Freundin Amélie wiederzusehen. Sie hatten sich schließlich damals gut gekannt. Sie waren erst Liebende gewesen oder zumindest nahe dran, danach gute Freunde. So sah er es. Mehr allerdings nicht. Erotisches Interesse flammte nicht bei ihm auf. Er hatte jetzt Tamara.

Sie sprachen eine ganze Weile miteinander. Kevin verhinderte weitere körperliche Annäherungsversuche. Amélie spürte, dass sie das, was sie sich erhofft hatte, nicht erreichen würde. Nun gut, sie hatte den Kontakt aufgefrischt. Auch das zählte etwas für sie. Sie mochte Kevin wirklich. Und mehr war im Augenblick nicht drin. Sie verabschiedete sich und zog sich abermals zurück. Sie und Kevin blieben weiterhin Freunde.

Nun musste er Tamara hinterherlaufen. Er suchte sie im nahegelegenen Park, wo sie oft gemeinsam spazieren gingen. Bald hatte er sie gefunden. Sie stand am Teich und schaute auf das Wasser. Erleichtert rannte er auf sie zu und rief ihren Namen. Als sie ihn hörte drehte sie sich kurz um, nur um sich dann gleich wieder beleidigt abzuwenden. Der kurze Augenblick hatte genügt, dass er die Tränen über ihr Gesicht kullern sehen konnte.

„Tamara, Liebling, was hast du denn?" redete er beschwichtigend auf sie ein, während er sie behutsam am Arm berührte.

Sie schüttelte seine Hand ab.

„Hast du dich auch genug mit deiner Geliebten vergnügt?", schnappte sie bissig.

„Aber nein, sie ist keine Geliebte, nur eine alte Freundin. Das ist lange her. Wir haben nur geredet"

„So sah es nicht aus. Sie konnte ja gar nicht aufhören, dich zu küssen!"

„Das war mir überhaupt nicht recht, wie du bemerkt haben dürftest. Allerdings hatten wir uns seinerzeit auch geküsst. Mehr nicht. Und dann ist sie aus meinem Leben verschwunden. Sie scheint jetzt offenbar mehr zu wollen, ich jedoch nicht", wehrte er ab.

„Wirklich?"

Ein zaghaftes Lächeln stahl sich in Tamaras Gesicht.

„Ich schwöre es", bekräftigte Kevin und erzählte ihr die ganze Geschichte. Tamara verstand es und er war froh, dass sich alles aufgeklärt hatte.

Überrascht war Kevin trotzdem. Dass seine ruhige Tamara so eifersüchtig sein könnte – damit hätte er nicht gerechnet! Und warum auch? Es gab ja keinen Grund. Sie küssten sich und alles war in Ordnung.

Versöhnung auf dem Friedhof

Kevin hatte bei der Bestattung Abschied von seiner Großmutter und seiner Großtante genommen. Die Feierlichkeiten wurden für beide gemeinsam abgehalten, auch wenn sie nicht nebeneinander liegen würden. Tamara war dazu nicht erschienen. Sie fühlte sich nicht erwünscht. Helenes Haltung ihr gegenüber war mehr als deutlich gewesen. Jetzt besuchten sie gemeinsam die Gräber der beiden Verstorbenen auf dem Waldfriedhof Zehlendorf.

Inzwischen war die Vorweihnachtszeit angebrochen. Schneefall hatte eingesetzt, der Friedhof lag friedlich in völliger Stille da. Schon früh hatte es zu dämmern begonnen. Kevin und Tamara gingen schweigend über die verschneiten Wege zu den Gräbern.

Schließlich brach Kevin das Schweigen:

„Oma Helene war in ihren veralteten Vorstellungen gefangen. Sie hatte nichts gegen dich persönlich."

„Dennoch hat sie mich abgelehnt. Es gab kein persönliches Band zwischen uns."

„Doch: über mich. Sie liebte mich und ich liebte dich …, was ich immer noch tue."

„Ich liebe dich auch", erwiderte Tamara. „Da sie deine Großmutter war und man mit den Toten Frieden schließen sollte, vergebe ich ihr."

„Wie schön! Dann seid ihr nach allem doch noch miteinander versöhnt."

Sie standen schließlich an Helenes Grab. Die Schwestern lagen nicht nebeneinander. Man hatte bei der Bestattung von Helenes Mann eine Stelle für seine Frau freigelassen, an der sie jetzt zur Ruhe gelegt worden war. Kevin meinte:

„Jetzt, da sie in einer anderen Welt weilt, wird sie wohl nichts mehr gegen unsere Verbindung haben. Wir sollten heiraten. Was meinst du?"

„Natürlich. Darauf haben wir lange genug warten müssen."

Sie küssten sich und blieben in stummer Umarmung eine Weile im Schneegestöber stehen.

Dann gingen sie, noch immer eng umschlungen, hundert Meter weiter zu Julianes Grab. Ihren Tod hatte niemand gewollt und doch musste sie gehen. Jetzt war sie mit ihrem geliebten Alex vereint. Im Grunde hatte sie ihr ganzes Leben darauf gewartet.

„Ihre Liebe zu Alex über den Tod hinaus hat mich immer sehr beeindruckt", flüsterte Kevin. „Ich wünsche mir eine solche Liebe auch für uns, Tamara."

„Ich hoffe doch, dass du nicht willst, dass der Tod uns auch so früh trennt", lächelte Tamara. „Diese Prüfung möge uns erspart werden. Könnte es nicht sein, dass sie so an ihm gehangen hat, weil er als Geist keine negativen Seiten mehr hatte. Er konnte ihr nicht mehr widersprechen."

„Ich bevorzuge zu glauben, dass sie mit ihm kommuniziert hat, als würde er noch leben, dass er sie beraten und ihr auch widersprochen hat."

„Trotzdem hat er doch nur in ihrem Kopf weiterexistiert. Er war nicht real. Es gab keine echten Konflikte und Probleme, wie Lebende sie erleben."

„Man kann auch mit Lebenden eine so harmonische Beziehung führen. Das erhoffe ich mir jedenfalls für uns."

„Das wünsche ich mich ebenfalls. Auch ich habe deine Großtante sehr bewundert. Ich mochte sie."

„Hoffen wir, dass sie jetzt mit Alex zusammen ist, wo auch immer das sein mag", meinte Kevin.

„Du weißt, dass ich im Geist des dialektischen Materialismus erzogen worden bin und an ein Leben nach dem Tod nicht glaube", antwortete Tamara. „Aber in Augenblicken wie diesem wünsche ich mir, dass es etwas über den Tod Hinausgehendes geben möge."

Kevin drückte sie enger an sich und gab zu bedenken:

„Das muss mit der dem dialektischen Materialismus nicht in Widerspruch stehen. Man hat nur vergessen, ihn zu aktualisieren. Zu Zeiten von Marx und Engels war man noch in den mechanistischen Vorstellungen der klassischen Physik gefangen. Inzwischen wurden die Relativitätstheorie und die Quantenmechanik entwickelt. Die Relativitätstheorie erlaubt uns zu glauben, dass kein Ereignis verloren geht. Jedes Ereignis ist unlöschbarer Teil des Raum-Zeit-Kontinuums. Der Gedanke, dass wir mit dem Tod verschwinden, ist demnach veraltet. Auch das krampfhafte Festhalten an Kausalität und Determinismus entfällt durch die Erkenntnisse der Quantentheorie."

Tamara erwiderte nachdenklich:

„Das verstehe ich nicht ganz. Aber da du davon überzeugt bist, will ich es für mich nicht ganz ausschließen. Darauf zu hoffen, kann ja wohl nicht schaden."

„Das ist lieb von dir. Vielen Dank dafür", lächelte Kevin und gab ihr noch einen Kuss. Dann fügte er hinzu:

„Ganz verstehen kann ich es ebenfalls nicht und vielleicht auch kein anderer Mensch. Es ist ein Zug der modernen Physik, dass sie die Anschaulichkeit verlässt und damit ein unmittelbares Verständnis unmöglich macht. Was uns bleibt, sind gedankliche Konstrukte, die uns einen Umgang mit sonst unzugänglichen Bereichen unserer Realität ermöglichen. Darauf aufbauend bleibt noch genügend Spielraum zum Spekulieren.

Und da suche ich mir das aus, was ich glauben zu können mir zutraue."

Tamara hatte genau zugehört und stimmte ihm zu:

„Das gefällt mir. Ich will es auch versuchen."

Sie schmiegte sich eng an ihn.

Als sie langsam wieder zurückgingen, fragte Kevin:

„Wie wirst du es denn mit deiner kommunistischen Gesinnung vereinbaren können, wenn du dann in Zukunft auch zu den reichen Leuten gehören wirst?"

Sie antwortete:

„Es ist dein Geld. Mach du damit, was du willst! Solange du es zum Guten verwendest, werde ich mich nicht daran stören."

„Ja, das hatte ich vor. Du kannst gern mitentscheiden, solange wir es nicht der kommunistischen Partei spenden."

„Keine Sorge. Ich schaue nach vorn."

„Ich liebe dich."

„Ich liebe dich auch."

Epilog

Kevin wurde Arzt, heiratete Tamara und gründete eine Familie. Er wollte Tamara genügend Geld zur Verfügung stellen, dass sie sich ein geeignetes Geschäft kaufen könne, aber Tamara lehnte dankend ab. Das Geld der verstorbenen Kapitalistin wollte sie nicht. Sie konnte jedoch selbst genug Interessenten für ein Kollektiv gewinnen, die jeder für sich etwas Geld mitbrachten. Damit konnte das Kollektiv einen kleinen Laden am Savignyplatz anmieten und daraus ein Buchgeschäft für kommunistische Literatur machen. Sie entschlossen sich, den Laden nicht nur für den Verkauf zu nutzen, sondern ihn gleichzeitig zu bewirtschaften. Es sollte Kaffee geben. Das gelang. Man konnte in dem Laden nicht nur Bücher kaufen, sondern auch lesen und dabei Kaffee trinken. Bald hatten sie sich eine kleine Stammkundschaft aufgebaut. Der Erfolg stellte sich ein.

Kevin hatte gelernt, Verantwortung zu übernehmen und seinen Lebensstil geändert. Vergnügungen standen nicht mehr im Vordergrund. Er arbeitete viel. Die Wohltätigkeiten seiner Großmutter setzte er fort und engagierte sich auf vielfältige Weise im karitativen Bereich, was ihm große Anerkennung einbrachte.

Kevin und Tamara bekamen zwei Kinder, Lukas und Luisa, denen sie sowohl die Prinzipien der Marktwirtschaft nahebrachten als auch die Ideale des Kommunismus. Sie würden ihren eigenen Weg finden.

Kevin verzieh schließlich auch seiner Mutter. Nicht nur, dass sie ihn nie akzeptiert hatte, wie es eine Mutter tun sollte, sie hatte auch seine Großmutter ermordet, die sich um ihn gekümmert hatte. Mehr noch, sie hatte versucht, ihm selbst den Mord in die Schuhe zu schieben und ihn um sein Erbe zu betrügen. Was für ein Mensch musste sie sein!

Das Schlimmste: Er trug ihre Gene in sich. Andererseits waren es auch die Gene seiner Großmutter, die er mochte. Ferner sagte er sich, dass es auch nicht die Gene gewesen sein mussten, die sie zu der Person gemacht hatten, die sie war. Es konnten Ereignisse in ihrem Leben gewesen sein, die sie geformt hatten. So ist die Entwicklung eines Menschen unvorhersehbar und er trägt selbst die Verantwortung für seine Taten, die ihn wiederum formen.

Kevin wollte einen positiven Impuls im Leben seiner Mutter setzen, sie zu einem besseren Menschen machen. Nach allem war sie doch seine Mutter. Wenn sie das immer ignoriert hatte – ihre Entscheidung. Er würde es nicht ignorieren. Er besuchte sie im Gefängnis und sprach sich mit ihr aus. Hatte Marianne bisher das Pech beklagt, dass sie ertappt worden war, so begann sie jetzt, tatsächlich ihre Taten zu bereuen. Kevin öffnete ihr verschlossenes Herz. Und nun endlich war Marianne dankbar, dass sie ihn hatte.